CLÀSSICS JUVENILS TRES PER TRES

TRES AMORS

ROMEU E JULIETA
William Shakespeare
O MORRO DOS VENTOS UIVANTES
Emily Brontë
UM AMOR EM DEZ MINUTOS
Marcia Kupstas

Conforme a nova ortografia

Coleção Três por Três

Editor
Henrique Félix

Assistente editorial
Jacqueline F. de Barros

Revisão de texto
Pedro Cunha Jr. (coord.)/Edilene M. Santos/Camila R. Santana

Pesquisa iconográfica
Cristina Akisino (coord.)/Émerson C. dos Santos

Gerente de arte
Nair de Medeiros Barbosa

Assistente de produção
Grace Alves

Diagramação
Estúdio Graal

Coordenação eletrônica
Silvia Regina E. Almeida

Colaboradores
Projeto gráfico
Estúdio Graal

Ilustrações
Rui de Oliveira (miolo)/Adriano Renzi (capa)

Coordenação
Marcia Kupstas

Suplemento de leitura e projeto de trabalho interdisciplinar
Isabel Cabral

Dados Internacionais de Catalogação na Publicação (CIP)

Três amores / ilustrações Rui de Oliveira. – 2ª ed. – São Paulo : Atual, 2009.
(Coleção Três por Três. Clássicos juvenis / coordenação Marcia Kupstas)

Conteúdo: Romeu e Julieta / William Shakespeare ; O Morro dos Ventos
Uivantes / Emily Brontë ; adaptação de Marcia Kupstas ; Um amor em dez
minutos / Marcia Kupstas.
Inclui roteiro de leitura.
ISBN 978-85-357-1133-2
ISBN 978-85-357-1134-9 (professor)

1. Literatura infantojuvenil I. Shakespeare, William, 1564-1616. II. Brönte,
Emily, 1818-1848. III. Kupstas, Marcia. IV. Oliveira, Rui de. V. Série.

CDD-028.5

Índices para catálogo sistemático:
1. Literatura infantojuvenil 028.5
2. Literatura juvenil 028.5

Copyright © Marcia Kupstas, 2006

SARAIVA S.A. Livreiros Editores
Rua Henrique Schaumann, 270 – Pinheiros
05413-010 – São Paulo – SP
Fone: (11) 3613-3000
Fax: (11) 3611-3308 – Fax vendas: (11) 3611-3268
www.editorasaraiva.com.br
Todos os direitos reservados.

2ª edição/8ª tiragem
2013

Visite nosso *site*: www.atualeditora.com.br
Central de atendimento ao professor:
0800-0117875

IMPRESSÃO E ACABAMENTO
Bartira Gráfica e Editora S/A

SUMÁRIO

Prefácio

    Três amores transgressores   7

ROMEU E JULIETA   9

    William Shakespeare   10
      1. Verona de ódio e amores   11
      2. O baile de máscaras   14
      3. Juramentos de amor   18
      4. Os preparativos   20
      5. O casamento e o duelo   23
      6. As terríveis notícias   25
      7. O plano do frei   29
      8. Em vez de festa, funeral   31
      9. Tragédia em Verona   34
      10. Na cripta dos Capuletos   35

O MORRO DOS VENTOS UIVANTES 41

Emily Brontë   42
  1. Como conheci O Morro dos Ventos Uivantes   43
  2. Como Heathcliff tornou-se Heathcliff   49
  3. Os vizinhos   55
  4. Catherine Earnshaw, Heathcliff e Linton   60
  5. A volta de Heathcliff   68
  6. Novas tempestades   73
  7. Acontecimentos turbulentos   81
  8. A vida continua...   87
  9. Sem saída   96
  10. O sono em terra tranquila   102

UM AMOR EM DEZ MINUTOS 109

Marcia Kupstas   110
  1. Primeiro tempo   111
  2. Segundo tempo   116
  3. Terceiro tempo   118
  4. Quarto tempo   121

TRÊS AMORES TRANSGRESSORES

Três autores, três épocas, três lugares... e um tema central, reunindo três diferentes narrativas. Quantas semelhanças pode haver entre essas histórias, quantas são suas particularidades...

Apesar dos séculos que as separam, o que une *Romeu e Julieta*, *O Morro dos Ventos Uivantes* e *Um amor em dez minutos* em um mesmo volume é mais do que o tema amoroso: é o *tipo* de amor apresentado. Essas três histórias retratam amores transgressores, que tanto fascinam como incomodam o leitor.

Afinal, se Romeu e Julieta tivessem convencido suas famílias da legalidade da união e da força do sentimento de ambos, o que restaria de sua história de amor depois de vinte anos de casamento, por exemplo? Ou, se Catherine alcançasse Heathcliff na noite em que ele fugiu de O Morro dos Ventos Uivantes, o destino deles poderia ter sido diferente, como supôs a empregada-narradora Nelly. Eles viveriam um casamento socialmente desigual, mas certamente realizariam seus desejos sensuais e intensos sem o drama da separação fatal. Em *Um amor em dez minutos*, se a família de Thomaz, em vez de internar o rapaz em uma clínica, tivesse facilitado sua união com a ex-empregada Rute, também estaríamos diante de um desfecho mais tranquilo.

Dificuldade é a palavra-chave que caracteriza a realização amorosa nessas três histórias. Mas o que as torna tão atraentes e sedutoras é o modo como as personagens optaram por superar os obstáculos apresentados. Não é à toa que *Romeu e Julieta* e *O Morro dos Ventos Uivantes* são dois clássicos, conhecidos mundialmente, que elevaram o nome de seus autores, William Shakespeare e Emily Brontë, à galeria dos escritores mais importantes do planeta.

Entretanto, a coleção Três por Três pretende não só aproximar essas narrativas quanto a seu assunto central, mas permitir que o leitor reconheça suas diferenças. E, nesse ponto, época e lugar também revelam sua importância... No Brasil atual, por exemplo, um jovem rico e mimado casar com a empregada doméstica pode soar escandaloso, mas não é um tabu. Uma jovem que escolhesse o pretendente por vontade própria, sem a imposição familiar, seria aceita socialmente mesmo nos tempos de *O Morro dos Ventos Uivantes*, porém sua atitude se mostraria intolerável para as famílias medievais, como os Capuletos de *Romeu e Julieta*. Esses são exemplos de comportamentos que agregam valores, ao analisar e comparar os livros clássicos com os contemporâneos.

A proposta inovadora da coleção Três por Três consiste na adaptação modernizada de textos antigos, de autores significativos da literatura universal, que dialogam com uma história de escritor brasileiro, também autor das adaptações. E tem como desafio maior seduzir o jovem leitor para que conheça o que já foi feito em outras épocas, sobre temas que, mesmo em nossos dias, continuam relevantes e desafiadores.

Boa leitura!

Marcia Kupstas

ROMEU E JULIETA
William Shakespeare

Adaptação de Marcia Kupstas, baseada na tradição
oral e na peça homônima de William Shakespeare

WILLIAM SHAKESPEARE.

Inglês, nasceu em Stratford-upon-Avon, em 1564, e faleceu na mesma cidade, em 1616. Pouco se sabe de sua vida particular, além de que se casou aos 18 anos com uma mulher mais velha, Anne Hathaway, e teve três filhos. Em fins dos anos 1580 ou início dos anos 1590, foi para Londres, tentar a carreira de ator.

É na produção literária de Shakespeare que a sua genialidade se revela. Desde os primeiros textos, provavelmente representados em eventos populares, até seus grandes dramas, encenados diante da corte da rainha Elizabeth I (1533-1603), o dramaturgo procurou retratar a alma humana nas suas faces mais sublimes e grotescas, personificando, por exemplo, o ciúme e a inveja, em Otelo; a ânsia de poder, em Macbeth; a traição e a vingança, em Hamlet. Foi popular e reconhecido em vida, mas sua avassaladora influência na arte ocidental veio principalmente no século XIX, com o Romantismo, para se imortalizar entre todos os povos do mundo até os dias atuais.

A obra Romeu e Julieta foi editada em 1597, com a seguinte inscrição no frontispício: "Representada muitas vezes, com grandes aplausos". Não é uma peça de tema original, sabe-se que existiram na Idade Média duas famílias veronesas, Montecchi e Cappeletti, citadas em A Divina Comédia, de Dante Alighieri (1265-1321), mas a cruel rivalidade dessas famílias não passa de lenda.

A versão popular de Romeu e Julieta ganhou, porém, uma dimensão trágica e imensa força poética nas palavras de Shakespeare, que soube captar a paixão adolescente na sua singeleza e intensidade, sem medir sacrifícios ou consequências para sua realização. É essa força trágica, que supera a morte e a inimizade das famílias por meio do amor dos jovens, que seduziu e continuará seduzindo a imaginação dos homens, seja do público elizabetano de fins do século XVI, seja do leitor adolescente do século XXI.

Esta versão de Romeu e Julieta baseia-se livremente no texto de Shakespeare, mantendo um ritmo poético no início de cada capítulo, para depois a narrativa e os diálogos seguirem em prosa. Há a intenção de ser fiel às principais características da história, mas tomando liberdades na supressão ou no destaque de certas passagens e na caracterização das personagens.

1
VERONA DE ÓDIO E AMORES

A CIDADE DE VERONA, de tanta tradição e glória, foi palco da mais comovente história... Uma história de amor, ódio e inimizade, pintada em cores tão trágicas, por toda a eternidade.

Duas famílias vinham envolvidas em perigosos conflitos desde os tempos mais antigos: Montecchio e Capuleto eram honradas e orgulhosas descendências e se odiavam, sem recordar sequer o motivo que gerara a violência.

No momento em que essa história aconteceu, Verona se agitava feito lava de vulcão! Não eram só Montecchios e Capuletos que lutavam, a disputa se estendia a qualquer cidadão. Um empregado, um vizinho, um cozinheiro, um amigo; primo, neto, sobrinho... não importava! Todos viravam Montecchios ou Capuletos, todos tomavam partido naquele ódio antigo que agitava os corações.

O dia amanhecia tão calmo na praça... mas bastou que um criado trajando as cores da casa dos Capuletos passasse na frente de um bar e que, lá dentro, dois Montecchios o vissem e se pusessem a assobiar... Pois bem! Coisa tão fútil foi motivo de luta. Espadas saíram das bainhas, acudiram outros Capuletos, amigos de amigos foram chamados, os comerciantes e ferreiros cederam suas ferramentas e até as pedras da rua acabaram na disputa. Depois de uma hora de luta, muitos feridos gemiam na calçada.

O príncipe da cidade presenciou a desgraça e achou que era o momento de impor sua autoridade. Convocou os patriarcas Capuleto e Montecchio e fez uma declaração pública:

— Caros súditos, exijo um basta nesse espetáculo de violência! É vergonhoso que as ruas de Verona tinjam-se de sangue por motivos tão banais. Calem-se, ouçam-me! Ora é a sua culpa, velho Capuleto, que instiga seus criados, ora é sua, Montecchio. Mas agora basta! Eu represento a lei, e uma cidade sem lei não merece o nome de civilizada... Pois teremos paz, quer por bem, quer por mal. De agora em diante, o responsável por uma luta, tenha o título que tiver, seja da família que for, será punido com a morte. Assim decidi eu, o príncipe!

O príncipe se afastou, e a multidão se dispersou. A contragosto, os patriarcas rivais foram um para cada lado, evitando maiores confrontos.

À porta da casa dos Capuletos, o conde Páris alcançou o patriarca e aproveitou a ocasião para tentar convencer o velho Capuleto de seu desejo.

— Milorde, sei que este é um momento difícil, mas já pensou a respeito de meu pedido? O que me diz sobre Julieta?

— Conde Páris, a mim muito agrada um casamento entre o senhor e a minha filha. Mas Julieta é tão jovem, tem apenas catorze anos.

— Há moças tão jovens que já são mães.

— Aquelas que começam antes do tempo também morrem cedo. O senhor sabe que Julieta é minha única filha e só lhe desejo o bem e a felicidade. Mas tive uma ideia, conde Páris: darei uma festa hoje à noite, um baile à fantasia. Todas as belas moças da cidade e os jovens mais influentes ali estarão... Será um bom momento para o senhor se aproximar de Julieta, conversar com a menina... Se ela se agradar de seu porte e consentir no casamento, nada me deixará mais feliz do que unirmos nossas famílias. Concorda?

Páris achou a ideia magnífica. Capuleto chamou um criado e mandou-o entregar os convites.

O criado ia tão distraído com a lista de convidados que tropeçou em dois jovens, Romeu e seu primo Benvólio.

— Calma, que pressa é essa? — reclamou Benvólio. — Que incêndio você precisa apagar?

— Nada de incêndio, senhor. Cumpro a ordem de meu amo. Até a noite, deverei percorrer todas estas casas — e mostrou a lista de nomes e endereços —, para levar os convites da festa dos Capuletos. O diabo é que não sei ler, e se o senhor puder me ajudar...

Benvólio tirou o papel da mão do empregado, leu e sorriu:

— Ah, primo! Este homem vai, sim, apagar incêndios... mas nos corações apaixonados dos rapazes. Olhe, Romeu! Será um baile à fantasia, e as mais belas moças de Verona estarão presentes nessa festa hoje à noite.

Romeu mal passou os olhos pela lista, desanimado.

— Não me interessam outras moças, Benvólio. Você bem sabe que meu coração só arde por uma... por Rosalina.

— Rosalina também estará na festa! Veja, eis o nome dela na lista!

— Primo, essa notícia só aumenta meu sofrimento! Nunca um Montecchio será convidado para uma festa dos Capuletos.

O criado se afastou, vendo que não teria ajuda de nenhum dos dois, e Benvólio procurou animar o primo.

— Romeu, tive uma ideia! Será um baile à fantasia. Então, por que não nos disfarçamos? Se entrarmos na festa em um grupo mascarado, ninguém poderá nos identificar.

Mercúcio, amigo de Romeu e parente do príncipe, aproximou-se com outros rapazes, a tempo de ouvir o final da frase de Benvólio.

— Um grupo mascarado! Que bela ideia, Benvólio! — exclamou Mercúcio, ao tomar conhecimento do restante do plano. — Iremos, assim, à festa dos Capuletos! E dançaremos com todas as mulheres...

— Vocês dancem com quem quiserem — disse Romeu. — Mas eu terei sapatos de chumbo porque levo o mesmo chumbo na alma.

— Oh, Romeu! — falou Mercúcio. — Você é um pobre apaixonado. Por que não pede emprestadas as asas do Cupido, para voar sobre nós, os mortais medíocres?

— Mercúcio, creio que já fui tão flechado pelo Cupido que suas asas não conseguiriam me erguer nos ares!

— É por causa de Rosalina que ele diz isso? — Mercúcio se voltou para Benvólio.

— Sim — respondeu Benvólio. — A moça resolveu fazer o estranho juramento de nunca se entregar ao amor, e isso enlouquece nosso amigo Romeu... — E, dirigindo-se a Romeu, acrescentou: — Vamos, esqueça-a! Haverá outras belezas na festa.

— Outras belezas só servirão para aumentar a formosura de Rosalina — disse Romeu. — Tive um sonho com ela.

— Ora, Romeu! — exclamou Mercúcio. — Então você foi visitado pela rainha Mab?
— Quem é essa? — perguntou Benvólio.
— Vou-lhes dizer quem ela é... — Mercúcio subiu numa pilastra e continuou: — A rainha Mab é a parteira das fadas e tem o tamanho de uma pedra de anel. Viaja em carruagem conduzida por minúsculos insetos e voeja ao redor do nariz dos amantes adormecidos, espalhando um pó mágico que traz os sonhos mais doces... Essa é a fada que visitou nosso amigo Romeu e o deixou tão seduzido por Rosalina que imagina nunca mais ter olhos para outra mulher em sua vida.
— Paz, Mercúcio, paz! — pediu Romeu. — Irei a essa festa e prometo que aceitarei de bom grado o que o destino, ou as flechas do Cupido, me reserva! Apesar de sentir tamanha tristeza na alma que ainda os contaminarei com meu mau humor.
O grupo de rapazes se afastou da praça, rindo e imaginando os mais exóticos trajes e disfarces para o baile à fantasia.

2
O BAILE DE MÁSCARAS

O DIA VIROU NOITE rapidamente, toda a cidade fervia. Cada morador de Verona, fosse ou não um convidado, uma grande festa previa.
A formosa mansão dos Capuletos abriu suas portas e, na noite cálida, aguardava os visitantes! Que perfumes pelos ares, quantas esperanças e novidades... A sra. Capuleto, acompanhada da ama, foi em busca da filha, ainda deitada na cama.

Andando pelo quarto, a senhora falou:
— Julieta, que demora! Os convidados estão chegando, e você ainda descansa? Diga, filha querida, estimada em meu coração, já pensou por acaso em... compromisso? Noivado, namoros, festas... marido?
— Senhora, deixe a menina! — reclamou a ama. — Posso apostar catorze de meus dentes (e pena que eu só tenha quatro!), contra os catorze anos da menina, que Julieta é jovem demais para isso!

— Não diria tais palavras, cara ama, se soubesse o nome do pretendente à mão da minha filha! Ande, Julieta! Não tem a menor curiosidade?

— Por quê, mamãe? Quem é afinal o homem que se interessou por mim? — perguntou a moça, levantando-se.

— O conde Páris — respondeu a mãe.

— O conde Páris? — a ama surpreendeu-se, benzeu-se e corou. — Julieta, um homem assim, pelo mundo inteiro, não há. Quem se igualará ao conde Páris, em honra, fama e fortuna?

— É uma honra, bem o sei — disse Julieta. — Mas nunca pensei em amor...

— Amor! — exclamou a mãe. — É a época de pensar em casamento, Julieta. O amor virá com o tempo... Prometa-me, pelo menos, que lhe dará uma chance. O conde estará na festa, trate de olhar para ele, medir seus traços, ler nos seus olhos se há encantos que possam seduzir uma donzela. Promete isso a sua mãe?

— Prometo — respondeu a jovem.

— Então vamos! Ama, ajude-me a arrumar Julieta, e desçamos para o baile.

Os convidados, nas mais belas fantasias, eram recebidos pelo patriarca Capuleto e por seu sobrinho, Tebaldo. Quando um grupo fantasiado entrou no salão, Tebaldo reconheceu a voz de um dos rapazes.

— Tio, repare naquele grupo, com fantasias de demônios e palhaços... Tenho certeza de que debaixo de uma daquelas máscaras se esconde um Montecchio!

— O quê? Que coragem, vir assim à minha festa! Você reconheceu o canalha?

— Pela voz e pelo porte, meu tio, creio que seja Romeu.

— Ora, Tebaldo — o velho Capuleto relaxou um pouco —, mas Romeu é um perfeito cavalheiro! Nem sequer participou da luta na praça hoje, nunca provoca nossos homens. Verona até se orgulha de seu caráter e educação. Não, não, Tebaldo, deixe-o em paz. Romeu não viria a minha casa com intenção ofensiva.

Tebaldo, porém, continuava furioso.

— Seja um gentil-homem ou mesmo amado por Verona, meu tio, acho que um Montecchio é um Montecchio. E essa raça nos afronta! Todos eles. Não suporto Romeu como não suporto o pai e o primo dele.

— O que é isso, sobrinho, está me contrariando? — o sr. Capuleto impôs sua autoridade. — Entenda, então, como um pedido meu, se não aceita uma ordem do seu tio: deixe Romeu em paz. Veja, aí vem sua prima. Julieta não está linda? Ande, rapaz, vá dançar. Sossegue esse coração guerreiro.

— Eu lhe obedeço, senhor, em respeito a sua casa... mas, na praça, a coisa é outra. Aí enfrento quem eu quiser e garanto que Romeu me pagará pela ousadia.

Que linda festa! Em meio a tão ricas roupas e cores, as rivalidades cediam lugar à dança e à beleza das mulheres. Destacando-se entre tantas bailarinas, Julieta era uma figura graciosa. Segurava de leve a mão de seu par e rodopiava pelo salão com uma delicadeza ímpar. Sua pele clara e os longos cabelos loiros e finos atraíam a atenção de todos.

Em especial a de Romeu. A visão daquela moça tão linda arrebatou o coração do rapaz. Ele se afastou dos colegas e tentou saber mais sobre a jovem por intermédio de um criado:

— Que dama é aquela que enriquece o braço do cavalheiro? — Romeu apontou Julieta.

O criado não soube responder, e Romeu resolveu descobrir sozinho. Não entendia o que lhe acontecia! Durante meses, seu coração fervera por Rosalina, mas a visão daquela bela jovem a dançar parecia um raio que invadiu seu coração e o fulminou de uma só vez... Pálido e solitário, Romeu tinha olhos apenas para Julieta.

Afinal, a dança acabou, e o cavalheiro deixou Julieta perto de uma pilastra. Romeu tomou-se de coragem e se aproximou por trás. Oculto pela cortina, pegou na mão dela:

— Sua mão tão delicada, minha dama, é um santuário, e eu, peregrino solitário, com sua permissão, quero demonstrar minha reverência, com meus lábios.

Julieta se assombrou com as palavras e com a ousadia do estranho que lhe falava sem uma apresentação formal. Contudo, não perdeu o bom humor e resolveu responder da mesma maneira:

— Se é mesmo um peregrino e um homem santo, meu senhor, deveria guardar seus lábios somente para orações.

Romeu apertou mais a mão da jovem e continuou:

— Tem razão, minha santa, em dizer que meus lábios merecem prestar homenagem à divindade. Então que esta minha boca mostre o caminho certo aos corações... E, se é mesmo uma santa, como eu o creio, senhorita, não irá impedir que este beijo limpe os pecados do que lhe falei.

Ousadamente, Romeu saiu de trás da pilastra e se apresentou diante da moça. Ele levantou a máscara, e olharam-se com profundidade. Julieta sorriu de alegria, ele era tão belo... Tinha o rosto do homem de seus sonhos, e ela sentiu que seu coração fora tocado por um sentimento inédito, um calor e um desejo que nunca havia sentido por ninguém.

Não chegaram a dizer mais nada.

Frente a frente, mantiveram os olhos fixos um no outro... e as bocas se procuraram e tocaram-se, num beijo suave e doce.

— Senhorita, onde estava? Sua mãe quer lhe falar! — Chegou a ama e afastou o casal.

A criada indicou o caminho a Julieta e estava também saindo do salão, quando Romeu a deteve e perguntou:

— Qual o nome da sua senhorita? Quem é a mãe dela, aia?

— Ora, senhor, essa é Julieta Capuleto. Ela é a filha da dona da casa.

Mal a criada alcançou Julieta, foi a vez de a jovem perguntar:

— Ama, quem é aquele rapaz com quem conversava? Não diga que não sabe?

A criada negou com um movimento de cabeça.

— Rápido, informe-se sobre ele! Se for casado, ah, como serei infeliz! — concluiu a jovem.

— Julieta, o que pretende? Menina desmiolada! Deveria estar com o conde e pergunta sobre um desconhecido!

Julieta foi tão insistente que a ama acabou concordando. Conversou com outros empregados e voltou com a informação.

— Diga, ama! O que descobriu? Fale, não me deixe nesta aflição...

— Oh, senhorita... Acho que não lhe trago boas notícias... — A ama parecia constrangida. — Ele é um Montecchio, Julieta. É o filho único do inimigo dos Capuletos... Romeu é seu nome de batismo.

Os olhos de Julieta encheram-se de lágrimas. Diante dela, toda a beleza e a alegria do salão transformaram-se em tristeza.

— Um Montecchio... Romeu, um inimigo — murmurou a moça. E, alegando um mal súbito, saiu do baile para se refugiar em seu quarto.

3
JURAMENTOS DE AMOR

AMOR, AMOR, PALAVRA DOCE, mas rima fácil com solidão e dor! À saída do baile, o grupo mascarado brincava com Romeu. Lembrava de Rosalina e desconhecia o que com o rapaz, na festa, aconteceu. Romeu preferiu de Julieta nada falar e de seus amigos optou por se afastar.

Sem ser visto, ele pulou o muro da mansão dos Capuletos. No jardim, escondeu-se sob a janela do quarto de Julieta, de onde ele ouvia chamarem por "Romeu".
— Romeeeeeeeeeeeeu! — gritava Mercúcio para as sombras da madrugada. — Venha conosco, vamos à taberna!
— Venha, Romeu! — chamava outro jovem. — Afogue seus sofrimentos em boas doses de vinho!
— Só ri das cicatrizes quem nunca sofreu as feridas do amor — murmurou Romeu, esperando que os amigos se afastassem.
Afinal, sentiu que as ruas voltavam ao silêncio. Apoiou as costas no muro, atarantado. O que fazia na casa dos Capuletos? Se o achassem ali, seria morte certa. Mas o rapaz não queria se afastar da amada. Que sentimento estranho, louco e repentino se agitava em seu peito! O que acontecia com ele? Não era mais sensato ir embora, tentar esquecer o baile, o beijo fugaz e aqueles olhos impressionantes de Julieta? Ela provavelmente o odiaria, ao descobrir que era um Montecchio!
Romeu estava dividido em pensamentos tão sombrios, quando percebeu que a luz do quarto de Julieta se acendeu. Ficou ainda mais silencioso e assombrou-se ao ver que era ela, ela mesma, sua linda Julieta, que aparecia na varanda.
A moça apoiou-se na amurada. Suspirou e começou a falar para a noite, imaginando-se sozinha:
— Ah, Romeu, Romeu... o que aconteceu comigo? Que sentimento é esse em meu peito? Por que só eu sinto isso, com essa força?
Ardendo de vontade de responder, Romeu continuou ali, parado, ouvindo.

— Por que você é um Montecchio, Romeu? De todos os homens de Verona, tinha de ser esse o seu nome? Então é você meu inimigo?

Ao pé da varanda, Romeu murmurou, para que a jovem não o escutasse:

— Não, não, Julieta, nunca o seu inimigo, minha amada. — E continuou ouvindo.

— Ou inimigo é apenas o seu nome? — indagou a moça. — Acaso uma rosa deixaria de ser rosa e de ter igual perfume, se por outro nome fosse chamada?

Romeu não se conteve e respondeu, ainda oculto no jardim:

— Pois me batize apenas de amor, linda dama, que de agora em diante nunca mais serei Romeu!

— Quem está aí, a ouvir os meus segredos?

Romeu saiu do esconderijo. Agilmente escalou o muro e surgiu diante de Julieta, na varanda:

— Não posso lhe dar meu nome, se esse nome é de ódio... Então me chame como quiser, deixe apenas que eu fique a seu lado, minha doce Julieta.

— Mas você não é Romeu, da casa dos Montecchios? E como chegou aqui, se tão alta é a escalada? Correu risco de vida... e ainda corre, se algum parente meu o vir.

— Então o amor me deu asas! Julieta, juro que barreira alguma impediria o caminho de meu amor... E juro ainda mais: nada temo de seus parentes, se puder por um minuto ficar a seu lado.

— Se eles o virem, poderão matá-lo.

— Seus olhos, Julieta, têm mais perigo do que mil punhais dos seus parentes. E, se eu ler ódio em suas pupilas, aí, sim, terei a morte, porque eu a amo mais que tudo.

— Você me ama? Ah, ainda bem que a noite é escura, para não ver o rubor em minhas faces. Não jure por amor, mas diga com sinceridade... porque perdida estou, belo Romeu. Também não pense que sou leviana, porém me sinto enlouquecida de amor.

— Senhorita, juro pela Lua que...

Julieta tocou nos lábios de Romeu e impediu que ele continuasse:

— Não jure pela Lua, tão inconstante, a mudar quatro vezes a cada mês!

— Por que devo jurar, então, para que acredite em mim?

— Não jure, ou, se quiser fazer isso, faça-o pela sua pessoa, o objeto da minha devoção.

— Então por mim! Quero trocar com você, Julieta, o mais fiel voto de amor.

Os dois caíram nos braços um do outro. Os longos cabelos de Julieta roçavam a pele de Romeu e lhe davam arrepios; o hálito do rapaz era o mais delicado perfume para a apaixonada jovem. Eles entendiam a força daquele sentimento e sabiam que a separação seria pior que a morte.

Súbito, ouviram ruídos no quarto. Era a ama, procurando Julieta.

— Preciso ir! — exclamou a moça.

— Não vá, Julieta, por favor... Ainda não respondeu! Aceita ser minha mulher?

Julieta pediu a Romeu que a aguardasse, entrou rapidamente no quarto, deu algumas ordens para a ama e retornou à varanda, dizendo:

— Não temos muito tempo, Romeu, ela logo voltará... mas tenho uma proposta. Caso sua intenção seja honesta e séria, senhor... eu lhe enviarei amanhã um mensageiro, para que marque a hora e o lugar. E, com toda a felicidade, depositarei a seus pés meu destino, para segui-lo pelo mundo, como a meu senhor e marido. Aceita?

A resposta de Romeu foi um beijo longo e desesperado, selando sua paixão e seu destino, aceitando tudo que pudesse vir, de bom ou mau, desde que ficasse com a mulher amada de seu coração.

4
OS PREPARATIVOS

FREI LOURENÇO ERA DOS jovens o confessor, e de todas as belezas e mazelas da cidade tornava-se conhecedor. Naquela manhã tão radiante e bela, o frei estava só em sua cela, quando foi surpreendido por um Romeu, que vinha alegre e decidido.

— Bom dia, padre! Dê-me sua bênção.

— Meu rapaz! Que susto me deu! O que faz aqui tão cedo? Por acaso caiu da cama?

— Não, meu santo, nem subi na cama ainda... mas tive um repouso magnífico, porque a felicidade dá descanso e alegria.

— Ah, Deus me perdoe, foi Rosalina? A moça o aceitou afinal?

— Que pergunta tola, padre! Não! Esqueci-me desse nome e da dor que ele carrega. Fui ferido, sim, mas, dessa vez, por quem feri também. E o remédio para nossos males, caro frei, terá de vir por suas mãos. Quero casar-me.

— Ah, bom Deus, tantas vezes não ouvi, em confissão, as dores terríveis que trazia no coração pela linda Rosalina, que o desprezava? Bem se vê que, nos moços, os olhos falam mais alto que os sentimentos...

— Mas o senhor censurava tanto meu amor por Rosalina, frei Lourenço!

— Criticava o excesso, não o sentimento.

— Mas Rosalina não me amava! Eu me consumia em amores sem retorno. Agora, não! Bom padre, o amor precisa de espelho, e agora eu o tenho... É tão forte o sentimento nela como em mim. E desejo que nos case ainda hoje. Marque o momento e o lugar.

— Quem é ela? Quem é a jovem que divide com você tanto fogo e tanto amor?

— É Julieta, filha de Capuleto.

Aquele nome impressionou terrivelmente o frei. Pálido, passou o braço em torno dos ombros de Romeu e ergueu os olhos:

— Bom Deus! Uma Capuleto e um Montecchio unidos pela paixão? Será isso motivo de desgraça, Senhor, ou uma de Vossas obras? Tantas vezes rezei para que essa estúpida rivalidade tivesse um fim. Não será a Vossa resposta? A união, por amor, das duas famílias? — Frei Lourenço voltou-se para o rapaz. — Venha comigo à capela, meu filho desmiolado, e conversemos...

Enquanto Romeu acertava o casamento com o frei, Benvólio e Mercúcio comentavam, na praça, a participação do grupo mascarado na festa dos inimigos da família Montecchio.

Afinal, viram Romeu sair da igreja e acercaram-se do rapaz.

— Onde estava, Romeu, que desde ontem não o achamos? Ah, não responda... — Riu-se Mercúcio. — Certamente, brincava ainda de esconde-esconde com o Cupido.

— Melhor que se cale, caro amigo! Não sabe o que está dizendo — falou Romeu.

— O que eu contava a Mercúcio, Romeu — interveio Benvólio —, é que chegou a sua casa uma carta bem pesada... daquele parente dos Capuletos, um tal Tebaldo. Ele descobriu a nossa ida à festa, disfarçados, e lançou um desafio.

— Nada tenho contra Tebaldo! — Riu Romeu. — Para dizer a verdade, até gosto dele... por conta de ser parente de quem é!

— Enlouqueceu — disse Mercúcio.

— Finalmente o amor deixou Romeu transtornado das ideias — acrescentou Benvólio.

Nesse momento, a ama se aproximou dos jovens e pediu licença para falar com Romeu. Os amigos se afastaram, e Romeu, ansioso, ouviu a mulher.

— Deve saber quem me envia... — A ama encarou o rapaz. — Mas antes que me dê qualquer recado, senhor, saiba que acho um péssimo procedimento. A senhorita é muito jovem, e, se fizer com ela um jogo duplo, eu mesma...

— Não me ameace, mulher, e ouça! — Romeu enfrentou a raiva da ama. — Diga a sua dama que deve ir se confessar com frei Lourenço hoje à tarde. Ele aceitou nos casar. Acredita mesmo que é a vontade do Senhor... uma forma de pôr fim a essa guerra entre Capuletos e Montecchios.

A ama ergueu os olhos para o céu, e Romeu continuou:

— À noite, depois de abençoados por Deus, diga a Julieta que a procurarei. Que deixe uma escada rente à varanda para que eu suba por ali até o quarto dela. Assim seremos homem e mulher diante de Deus e da natureza.

— Que Deus do céu o proteja, sr. Romeu, mas o casamento é o correto. E olhe que na cidade há um tal Páris, que tudo fez para fisgar o coração de minha menina, mas Julieta prefere mil vezes ver um sapo, um sapo de verdade, a olhar para ele. Pobre senhorita! Ela geme, e chora, e fica tão tola e aflita só em dizer o seu nome, Romeu. Avisarei Julieta, e que o destino siga seu caminho, com beleza e serenidade, esses são meus votos, senhor, para a felicidade de vocês.

A ama saiu, deixando Romeu ardendo de aflição durante o resto do dia.

5
O CASAMENTO E O DUELO

QUANDO SE TEM UM desejo e sua concretização está em iminência, fica muito árdua a tarefa de conter a impaciência. Na cela do padre, Romeu ia e vinha, e nada que o frei falava conforto algum lhe trazia.

— Cuidado, Romeu, que as violentas alegrias podem ter um fim trágico. O mel mais doce torna-se repugnante se tomado com avidez e excesso.

— Certamente, bom padre, mas o que sabe do amor? O amor me devora... E, venham quantas tristezas vierem, não poderão apagar a alegria de um minuto, se nesse período eu puder olhar minha amada.

O frei fez um gesto de silêncio e conferiu a aproximação de Julieta.

Mal a moça entrou na cela, Romeu a amparou nos braços. Queriam se beijar, mas frei Lourenço, rindo, colocou-se entre eles:

— Calma, meus jovens, calma. Que pressa! Não vou deixá-los um minuto a sós, enfeitiçados de amor que estão. Quero antes que a Igreja celebre o casamento de vocês, para depois, sim, poderem acalmar tamanho ardor. Ajoelhem-se, meus filhos.

A cerimônia teve início na capela quase vazia. E, com Deus por testemunha e frei Lourenço como celebrante, Romeu e Julieta trocaram as juras eternas e se tornaram marido e mulher.

— A moça agora precisa ir — disse o padre. — À noite vocês tornarão a se encontrar. Sejam pacientes, meus filhos, e recebam também minha bênção. Falta muito pouco para que tenham uma vida inteira de felicidade.

Julieta jogou um beijo a seu amado, afastando-se.

Enquanto isso, uma cena cruel se desenrolava na praça. Tebaldo e seus homens cercavam Mercúcio e Benvólio.

— Ora, ora, ora, Tebaldo-o-rei-dos-gatos está aqui... Bem que eu gostaria de arrancar uma de suas sete vidas para ver quanto fôlego ainda lhe restaria! — Mercúcio provocou o orgulhoso parente de Julieta.

24 | ROMEU E JULIETA

Tebaldo não se deixou levar pela provocação:

— Mercúcio, é melhor se afastar! Não é você quem eu desejo, apesar de saber que está concertado com Romeu...

— Eu, concertado com Romeu? Por acaso nos confundiu com músicos, para dar concerto em praça? Então venha, senhor, avance! Aqui tem o arco de meu violino! — Sacou da espada. — Estou louco para fazê-lo dançar!

Nesse momento, Romeu saiu da igreja e viu o que acontecia. Alcançou os duelistas a tempo de se interpor entre eles:

— Parem, amigos, parem agora! Lembrem-se, o príncipe proibiu as lutas na praça. O que pretendem fazer?

— Ainda bem que chegou, Romeu — disse Tebaldo, feliz com a oportunidade de encontrar o inimigo. — Mercúcio não é o meu homem, minha espada quer o seu sangue... Então se ponha em guarda, Montecchio! Enfrente a lâmina de um Capuleto, vilão!

Mas Romeu se recusava a duelar com um parente de sua amada. Ria e levava os desaforos na brincadeira:

— Tebaldo, não sou vilão! Nem odeio os Capuletos! Posso até lhe jurar que amo esse nome. Capuleto... um nome que me é tão caro!

— Pare com essas piadas! Lute, Romeu, lute como um homem!

Tebaldo investiu furioso sobre Romeu, mas Mercúcio se interpôs e começou a lutar com o Capuleto.

— Guarde a espada, Mercúcio — gritou Romeu. — Tebaldo, vamos conversar, tenho coisas importantes a lhe dizer! Parem, cavalheiros, parem!

Mas os lutadores não ouviam Romeu. As espadas se chocavam, golpes sucediam a golpes. Romeu tentava impedir que o duelo prosseguisse, mas acabou por distrair seu amigo. Aproveitando-se da situação, Tebaldo enterrou a espada no corpo de Mercúcio, que caiu ferido no chão.

— Agora me sinto vingado. Vamos, homens, vamos comemorar — disse Tebaldo, afastando-se.

Romeu ajoelhou-se ao lado do amigo.

— Mercúcio, coragem! Seu ferimento não pode ser tão profundo.

Outros rapazes cercaram o ferido.

— Romeu, ele está morto! — exclamou Benvólio. — Mercúcio se foi...

— Morto, Mercúcio? Como assim, morto?

Romeu abraçou o corpo do amigo, com os olhos repletos de lágrimas.

— E morreu por minha causa! Fui eu que o distraí na luta, tentando chamar Tebaldo à razão... Por acaso fiquei covarde por causa do amor? Ah, Tebaldo, você me chamou de vilão sem motivo... Pois bem, agora terá razão!

Romeu correu atrás de Tebaldo, furioso.

— Tebaldo! Mercúcio está morto, mas a alma dele espera por um de nós para lhe fazer companhia.

— Não era amigo dele? Então o acompanhe no reino dos mortos — respondeu Tebaldo, sacando da espada.

Seguiu-se uma luta terrível. A rivalidade entre os Capuletos e Montecchios falou mais alto que o amor de Romeu por Julieta. Ele não via mais Tebaldo como um parente dela, e sim como um homem que lhe matara o amigo covardemente.

Era uma batalha silenciosa, íntima e pessoal. As poucas testemunhas entenderam a seriedade daquele ódio e nem tentaram interferir. As lâminas se chocavam, o suor escorria de seus corpos, os olhares de ódio mediam a distância dos duelistas. Ambos eram bons esgrimistas, mas o destino ajudou Romeu. Num impulso ágil, desviou-se da estocada de Tebaldo e teve oportunidade de enterrar profundamente a ponta do ferro no peito do primo de Julieta.

A luta estava terminada.

— Senhor! — gritou um dos amigos de Romeu. — O príncipe foi avisado... os homens dele estão chegando. É preciso fugir! Venha, senhor!

Atarantado, Romeu foi conduzido para longe. Na praça, os cadáveres de Mercúcio e Tebaldo pontuavam de sangue o desfecho do confronto.

6
AS TERRÍVEIS NOTÍCIAS

AS MÁS NOTÍCIAS SE espalharam feito fogo pelo mato, e, em pouco tempo, toda a cidade de Verona sabia da morte de Mercúcio e Tebaldo. Algumas horas depois que o trágico duelo aconteceu, frei Lourenço empurrou a porta da cela e procurou Romeu.

— Romeu, vim agora da praça. O príncipe já deu o veredicto.

O rapaz, transtornado, saiu do esconderijo e perguntou:

— E qual foi? Qual tristeza se abateu sobre mim que ainda desconheço?

— Oh, caro filho... parece que você se casou com a desgraça, mas ainda não é a pena final. O príncipe considerou que você defendeu Mercúcio, que era parente real. No entanto, a palavra da lei tem de ser justa. Não é a morte, Romeu, que lhe foi imposta, mas o exílio. Você foi banido de Verona.

O jovem jogou-se numa cadeira, trêmulo.

— O exílio... antes fosse a morte! Viver longe de Verona, viver longe de Julieta... Como ela está? O que disse? Por acaso também me culpa pela morte de Tebaldo? Não lhe contaram que eu ainda quis separar os dois duelistas e só ataquei Tebaldo depois que este deu fim à vida de Mercúcio?

— De Julieta nada sei.

Nesse momento, bateram à porta, e frei Lourenço foi atender. Quando retornou, disse a Romeu:

— A ama de Julieta está aí fora, veio com um recado.

— Por Deus, deixe-a entrar!

Frei Lourenço deu passagem à ama. Romeu mal podia se conter, aflito para ter notícias de sua amada:

— O que disse Julieta? Ela me culpa?

— Oh, ela não diz quase nada, senhor, mas chora, chora sem parar. Ora se joga no leito, ora se levanta, ora chama Tebaldo, ora grita seu nome, sr. Romeu, e cai na cama e chora de novo...

— Não suportarei essa culpa! — exclamou Romeu, sacando do punhal. — Nada mais me resta senão a morte... Que venha por minhas próprias mãos!

— Pare com esse sacrilégio, rapaz! — comandou o padre. — E atenção... o mal que está feito, malfeito está. Tebaldo queria matá-lo e agora está morto, mas Julieta vive e você também. Vá se encontrar com ela. Console sua mulher e despeça-se dela. Viaje sozinho para Mântua e fique por lá. No momento adequado, contarei a toda a Verona sobre o casamento de vocês. Tenho certeza de que conseguirei a clemência do príncipe, e, com ela, virá a paz entre Montecchios e Capuletos afinal. Será a vitória do amor. Tenha fé, Romeu. Em seu retorno, encontrará mais alegrias do que agora tem dores.

— Que bons conselhos, padre! — disse a ama. — É isso que vale ser letrado. Como posso ajudar?

— Vá avisar sua senhora da visita de Romeu à noite.

A ama saiu apressada, e o padre concluiu:

— Enviarei sempre um criado para Mântua, ele o deixará a par das novidades. Sossegue, vai dar tudo certo, meu filho!

O rapaz concordou com frei Lourenço e com muito custo esperou as horas passarem...

Quando o manto da noite se ergueu pesado sobre Verona, Romeu seguiu para a casa dos Capuletos.

O que dizer sobre o encontro dos dois apaixonados? Se os dedos da tragédia manchavam de sangue a felicidade do casal, havia o sentimento profundo que os unia como homem e mulher. E a noite teve lágrimas e lamentos, mas teve carícias e sorrisos.

Era madrugada quando Romeu saiu da cama, aprontando-se para a partida.

— Não vá, Romeu, o dia ainda está longe! — disse Julieta. — Não foi a cotovia que cantou, mas o rouxinol, acredite-me.

Romeu jogou-se nos braços da mulher amada.

— Se é você quem diz, eu creio. Sim, foi o rouxinol, e não a cotovia.

— E no céu não é o Sol que rompe entre as nuvens, são as estrelas que luzem para conduzi-lo a Mântua em segurança... — continuou Julieta.

— Segurança! Que me importa? Ficarei aqui, Julieta, que venha a morte, que me encontrem, não conseguirão nos separar...

— Oh, que peço eu? — A jovem agarrou-se nos ombros do rapaz. — Que terrível egoísmo é o meu que o força a ficar? Parta depressa, Romeu, que é, sim, a cotovia que canta, e o dia não tarda... Tem de fugir! Tem de escapar!

Ouviram-se batidas na porta. A ama entrou, agitada.

— Senhora! Sua mãe sobe para cá! — E virou-se para o rapaz. — Apresse-se, senhor, que os Capuletos não podem encontrá-lo aqui.

Romeu ainda se jogou uma última vez nos braços da amada para um beijo de despedida. Julieta se agarrou a ele:

— Quero notícias suas a toda hora, meu marido, porque um minuto longe de você é pior que dias... Velha ficarei, antes de ver de novo meu querido.

— Adeus, Julieta. Não duvide. Estas dores ainda servirão para deixar mais doces os nossos momentos futuros — despediu-se Romeu, saindo pela janela.

— Oh, ama! Por que sinto, então, meu peito apertado? Que medo é esse, que terror, que pressentimento terrível me oprime? — perguntou Julieta, enquanto a criada a arrumava.

Mas, antes que a ama respondesse, a mãe de Julieta entrou no quarto.

— Pobre filha, como sofre pela perda de Tebaldo. Todos assim sofremos, e ainda mais, porque está vivo o miserável que o matou.

— Que miserável, minha mãe?

— Romeu, esse vilão.

Julieta com muito custo reprimiu a resposta que lhe veio aos lábios, pedindo a Deus, em pensamento, que perdoasse Romeu, do mesmo modo que ela o havia perdoado em seu coração.

— Mas, anime-se, filha minha, por ter um pai tão sábio e zeloso de sua saúde e de seu destino! — disse a sra. Capuleto, sentando-se ao lado de Julieta.

— Como assim, mamãe? O que fez meu pai?

— Ele mesmo lhe dirá...

A sra. Capuleto caminhou até a porta e chamou o marido. O sr. Capuleto entrou e foi logo explicando seus planos:

— Folgo em ver sua beleza, filha amada, e tenho certeza de que a notícia que lhe trago compensará todas as nossas perdas com a morte de Tebaldo... — O sr. Capuleto fez uma pausa, saboreando o suspense, e completou: — Prepare-se! Na próxima quinta-feira, na Igreja de São Pedro, terá o seu casamento... com o conde Páris!

— Não! — gritou Julieta. — Nunca!

— Como, filha ingrata? Por que recusa?

— Mal morreu meu primo... seu corpo ainda está quente... e já me casa, papai?

— Por isso mesmo! Que melhor momento que esse para uma festa curar todas as dores profundas? A família inteira concorda... e o sr. Páris também.

— Eu não aceito. Papai, nunca afirmei que queria um casamento... ainda mais agora... e com o conde! Sou muito jovem, estou triste, por piedade, papai, não insista! Deixe-me a sós e me perdoe, pois não posso me casar com quem deseja!

Fez-se um silêncio profundo. A sra. Capuleto olhava, surpresa, enquanto Julieta enterrava o rosto no colo da ama. A pobre criada chorava baixinho. Sem entender o clima de velório e a recusa da filha, o sr. Capuleto viu-se tomado de fúria:

— Quanta futilidade! Criança tola... Desde que nasceu menina, eu a desejei casada. E bem casada! E agora, Julieta, que lhe arrumo um dos melhores partidos do mundo, age desse jeito?

— Marido, tenha paciência, fale com o conde... — disse a sra. Capuleto. — Com o tempo, depois do luto, Julieta quem sabe...

— Cale-se também, mulher! — O sr. Capuleto estava possesso. — Chega de bobagens femininas e de dar tempo ao tempo. Eu decidi e decidido está: Julieta se casa na quinta-feira ou que se vá, que morra! Não haverá mais filha na casa dos Capuletos. Eu a deserdarei.

O sr. Capuleto saiu, batendo a porta. Julieta se voltou para a mãe:

— Mamãe querida, por piedade, adie esse casamento por um mês pelo menos... Oh, por Deus! Ou então prepare minha morada ao lado do primo Tebaldo, porque acabarei enterrada no túmulo de nossa família.

— Não abra mais essa boca, Julieta. Nada mais representa para mim, filha ingrata. — E saiu.

— Ama, o que farei? Pode me dar algum consolo?

Com o rosto sisudo, a ama falou:

— Tenho uma sugestão, sim... Aceite seu destino. Romeu está banido, e o mundo inteiro não sabe do casamento de vocês. Então, case-se com o conde.

— Não!

— Sim, menina, sim! O conde é um fidalgo gracioso. Romeu, ao lado dele, um pano de cozinha... Quero que maldito seja meu coração se não a fizer feliz esse segundo esposo.

— Cale-se, cale-se, mil vezes cale-se! Estou sozinha, ninguém me ajuda nem me orienta... Só me resta pedir auxílio aos céus.

7
O PLANO DO FREI

NO CÉU, OS OUVIDOS do Senhor estavam tão distantes, e ninguém em Verona ajudaria os amantes! Romeu estava em Mântua, condenado ao desterro; Tebaldo, na capela dos Capuletos, pronto para seu enterro; e frei Lourenço, na igreja, desconhecia alguns males, quando recebeu a visita inesperada do conde Páris.

— Prezado frei Lourenço, tenho boas novidades! Caso-me quinta-feira. Quero que o senhor celebre esse feliz matrimônio.

— Quem é a noiva, sr. Páris?

— Julieta Capuleto.

— Capuleto? — o frei se espantou. — Mas essa família não teve ainda agora um falecimento? Não é cedo demais para bodas?

— Oh, foi ideia do pai da moça. Ele acha que o matrimônio é a muralha para brecar uma inundação de lágrimas.

— Não sei se a ideia é tão boa... Tebaldo era primo estimado, e as moças gostam de se entregar ao luto pelos entes mais prezados. O que disse Julieta?

— Nada perguntei à dama.

— Mau, isso é mau! Não sabe se ela consentiu no casamento? Alegrou-se?

— Creio que sim... não conversei com Julieta. Mas não é ela quem chega?

A jovem entrou na igreja e estancou, pálida, ao ver Páris.

— Que encontro feliz, minha esposa e dona!

— Assim poderá ser quando me casar.

— O *poderá* se tornará certeza na quinta-feira, meu anjo. Mas o que veio fazer aqui? Confessar-se com esse monge?

— Se lhe der resposta, já estarei me confessando.

— Então eu os deixo a sós e espero que revele ao padre... bem, se existe algum amor, em seu coração, pela minha pessoa.

Mal Páris saiu da igreja, Julieta trancou a porta atrás dele.

— Estou perdida, frei, perdida... Venha chorar comigo! Que faço? Não há mais socorro em lugar algum. Minha família não aceita adiar a cerimônia de casamento com o conde... não tenho mais desculpas para evitá-lo... Até a ama quer que o aceite! Nunca! Prefiro a morte. Mande que me joguem do alto de uma torre ou esconda-me num ninho de serpentes; amarre-me numa toca de ursos furiosos ou que me fechem à noite numa tumba lotada de ossos que se chocam... Todas essas coisas me deram medo algum dia, não agora! Aceito qualquer um desses castigos, sem vacilar, desde que não me obriguem a casar com o conde, desde que possa permanecer esposa do homem a quem amo, Romeu, sem macular sua honra!

O padre refletiu longamente nas palavras desesperadas da moça. Então andou até uma cômoda e de lá tirou um frasco.

— Se está tão decidida, a ponto de atentar contra a própria vida, tenho uma solução, minha filha. É terrível e depende da sua coragem.

— Coragem eu tenho, bom padre, desde que escape desse destino.

— Pegue então este frasco e vá para casa. Finja-se alegre e diga que aceitou o casamento com o conde. À noite, beba o líquido que aqui está. É uma poção entorpecente, que, quando entrar em seu sangue, espalhará por seus membros a rigidez da morte e, por seus lábios, a frieza do sono eterno. Mas será uma morte aparente, e o efeito durará vinte e quatro horas. Pensarão que é defunta, e, como manda o costume de nossa terra, seu corpo amortalhado será levado à cripta dos Capuletos e deixado em esquife aberto...

Pálida, Julieta apanhou o frasco que o padre lhe estendia, e ele continuou:

— Mandarei um recado a Mântua, para que Romeu retorne, escondido. Nós dois iremos até sua tumba, e, quando acordar, Julieta, estará ao lado de seu esposo adorado...

— Amém! Assim será feito, padre!

— Então enviarei vocês dois para Mântua, e ali aguardarão meu recado. Mas veja bem, filha, reflita com seriedade na decisão que tomar. Pode acontecer algum imprevisto... você pode fraquejar por um temor feminino ou um capricho de horror... Terá mesmo coragem? Vai prosseguir em plano tão desvairado?

— Sim, padre, sim! — A moça apertou o frasco fortemente. — Que seja a vitória do amor sobre a morte, a tragédia e o destino. Adeus, meu caro padre! Até a hora em que irá me acordar entre os mortos da cripta.

8
EM VEZ DE FESTA, FUNERAL

NINGUÉM NA CASA DOS Capuletos entendeu o que com Julieta aconteceu. A jovem saíra de lá triste e arrasada e retornou uma noiva mais do que conformada! Sorriu, brincou, foi gentil com todos. À noite, entrou em seu quarto e, alegando cansaço, despediu-se da mãe e da ama com um abraço.

— Boa noite, mamãe querida e minha ama fiel, mas, por favor, deixem-me sozinha agora. Muito preciso rezar nesta última noite que dormirei solteira — disse Julieta.

— Pois reze também pela alma do frei Lourenço! — falou a mãe.

— Que bons conselhos lhe deu o padre para mudar assim de opinião, Julieta! Como nos deixou contentes em aceitar o conde Páris para seu marido.

— A festa vai ser tão linda, menina, e o conde... — falava a ama, entusiasmada, quando Julieta a interrompeu.

Conduzindo a criada à porta, junto com a mãe, a jovem disse:

— A senhora tem muitos preparativos para concluir, mamãe, e quero que fique com a ama para ajudar. Boa noite, minhas queridas, boa noite...

Mal as duas mulheres se retiraram, Julieta terminou a frase, infeliz:

— Adeus! Adeus, mamãe... ama... Deus sabe quando nos veremos de novo.

Então, a jovem andou pelo quarto e revirou as gavetas. Alcançou um punhal e o juntou ao frasco que frei Lourenço lhe dera. A seguir, deitou-se na cama, ficou longamente acariciando as duas peças sobre o lençol e falando consigo mesma:

— E se aqui tiver veneno? — Tocou o vidro. — E se o padre preparou-me o líquido da morte, que me livrará da vergonha da bigamia, pois já sou casada com Romeu? Ou teve a intenção infame de me enganar e deu-me poção ilusória? Então amanhã serei esposa de Páris... Nunca! — Tocou o punhal. — Você se tornará meu amigo, e sua lâmina afiada dará consolo ao meu pobre coração. — Tornou a pegar no vidro. — E se tudo funcionar? E se finjo morrer e desperto... num sepulcro?

As imagens fúnebres povoaram a mente de Julieta. A moça sentiu um arrepio percorrer seu corpo, e o medo a fez tremer, enquanto segurava o frasco.

— E se eu despertar antes do tempo? Ai de mim!, cercada pelos ossos de meus antepassados? Atordoada pelo cheiro repugnante da putrefação? E se Tebaldo, ensanguentado e já em decomposição a meu lado, vier, feito fantasma mutilado, puxar meu sudário? Ficarei louca... ou louca já estou? Não posso retroceder, nunca, então me calo. Romeu, é por você,

Romeu, que cometo tal desvario, meu amado! Que venha e me encontre, bebo isso por sua causa.

Julieta, decidida, sentou-se, abriu a tampa do frasco e bebeu o líquido, tombando sobre a cama em seguida.

E assim ficou, inerte, por toda a noite.

De manhã bem cedo, a senhora Capuleto e a ama entraram no quarto da jovem e abriram as cortinas.

— Bom dia, filha, o dia está lindo e temos tanto que fazer!

— Senhorita, dorminhoca, estou chamando... Nossa, está assim tão apressada que já se vestiu?! — A ama encostou no braço de Julieta. — Que frio estranho, minha linda. Olá, acorde!

— O que foi, ama? Que aconteceu?

— Julieta não acorda... Oh, senhora! Está tão fria!

As duas mulheres chacoalharam a moça, deram tapinhas em seu rosto e tentaram mover seus braços, mas Julieta permaneceu desacordada.

— Meu Deus! Oh, Senhor! Que tragédia absurda é essa? Julieta, morta? — gritou a sra. Capuleto. — Corra, ama! Chame o médico, o meu marido, avise os empregados, avise todos...

A ama foi cumprir as ordens, enquanto a sra. Capuleto insistia em reanimar a filha, cada vez mais desesperada.

Aos poucos, a notícia terrível se espalhou pela cidade. O quarto de Julieta se encheu de gente: eram criados, o sr. Capuleto, o conde Páris e o frei Lourenço.

— Sr. Páris! — A sra. Capuleto se dirigiu a ele. — Foi a morte quem desposou minha filha!

— Tanto esperei por este dia! — gritou o conde. — Para assistir a este triste espetáculo?

— Dia infeliz, maldito, desgraçado! — gritou a sra. Capuleto.

— Oh, filha e alma querida — lamentou-se o pai da moça. — Se minha filha está morta, minha única herdeira, sepultada também será minha alegria de viver.

Frei Lourenço adiantou-se às outras pessoas e pediu a palavra:

— Calma, eu lhes peço calma. O céu tem também parte nessa criança, sr. Capuleto... e para o céu partiu a linda moça. Agora está bem casada, melhor impossível, no além. Vistam-na com as mais lindas roupas, e vamos levá-la à capela. Embora a natureza nos mande chorar, temos que usar a razão para afastar a tristeza...

O sr. Capuleto se voltou para os criados:

— Tudo que seria usado para a festa será agora de uso no funeral. Que as músicas do baile virem hinos; que as flores nupciais enfeitem o cadáver de Julieta. Que se faça o contrário de cada coisa...

— Pois essa é a vontade dos céus — concluiu o frei.

9
TRAGÉDIA EM VERONA

EM MÂNTUA, O LINDO dia encontrou Romeu totalmente inocente da tragédia que em Verona aconteceu. Foi com o coração repleto de felicidade que o rapaz recebeu o amigo Baltasar, vindo da triste cidade.

— Baltasar, não me deixe assim louco de agonia! Trouxe carta do frei Lourenço? E meu pai, minha família, como estão? E Julieta, minha amada, mandou-me algum recado? Como está ela, vai bem? Fale, homem!

— Oh, senhor... bem ela está, para sempre. Que maldição ser justo eu o mensageiro de tão trágica novidade! Mas... seja forte, Romeu! O corpo de sua amada dorme no sepulcro dos Capuletos, e ela vive agora entre os anjos.

— Como? O que me diz... Julieta...?

— Está morta. Quando saí de Verona, iniciavam o funeral.

— Preciso ir até lá! Criados, preparem-me os cavalos já!

— Mas, senhor, e a proibição do príncipe? Acalme-se, o senhor treme! Tem as feições desvairadas...

— Sim, eu me sinto louco e desesperado... de dor, de tristeza, de revolta. Criados, lacaios!

Os empregados acorreram, e Romeu lhes perguntou:

— Chegou alguma carta do frei Lourenço?

Os criados negaram.

— Não? Tanto pior... Também no que o frei poderia me ajudar? — prosseguiu Romeu. — Deus levou minha Julieta! Oh, destino! Baltasar,

TRÊS AMORES

Romeu e Julieta, William Shakespeare
O Morro dos Ventos Uivantes, Emily Brontë
Um amor em dez minutos, Marcia Kupstas

SUPLEMENTO DE LEITURA

Em meio a tantos obstáculos, os protagonistas das três histórias que compõem esse volume vivem seus amores proibidos com muita intensidade, a ponto de transgredirem valores sociais rigidamente estabelecidos e vencerem barreiras consideradas intransponíveis. Em *Romeu e Julieta*, o casal apaixonado desafia o ódio entre suas famílias, encontrando na morte seu trágico destino. Em *O Morro dos Ventos Uivantes*, o profundo amor de Catherine e Heathcliff transcende os limites da vida. Em *Um amor em dez minutos*, o poder transformador da paixão marca presença na vida do jovem e rebelde Thomaz, trazendo cor e luz para seu mundo antes tão cinza.

POR DENTRO DOS TEXTOS
Enredos

1 Embora cada uma das histórias que compõem o volume *Três amores* apresente um enredo específico e se desenvolva em épocas e lugares distintos, há um eixo temático comum às três narrativas. Que semelhanças são essas?

_____

_____

2 O amor surge de formas diferentes entre os pares românticos das três narrativas. Descreva como esse sentimento se dá entre:

a) Romeu e Julieta:

b) Catherine e Heathcliff:

c) Thomaz e Rute:

d) Na sua opinião, existe diferença entre o "amor à primeira vista" e o "amor construído com o passar do tempo e a convivência"? Por quê?

3 No conhecido poema "Soneto de fidelidade", de Vinicius de Moraes (1913-1980), há dois versos em que o amor é retratado como um sentimento muito intenso, porém, com certa duração. Leia-os:
"Que não seja imortal, posto que é chama
Mas que seja infinito enquanto dure."
a) Discuta com seus colegas se a visão de amor presente no poema se aproxima ou se distancia da exposta nas histórias de *Três amores*.

b) Na sua opinião, o amor é um sentimento que pode acabar com o tempo ou não? Justifique sua resposta.

4 Nas três histórias, os casais apaixonados superam dificuldades para permanecer juntos. Explique que obstáculos são enfrentados por:
a) Romeu e Julieta:

b) Catherine e Heathcliff:

Tempos e espaços

8 As histórias de *Três amores* se desenvolvem em épocas e em lugares diferentes. Complete o quadro, indicando o tempo (época) e o espaço de cada uma das narrativas.

Narrativa	Tempo	Espaço
Romeu e Julieta		
O Morro dos Ventos Uivantes		
Um amor em dez minutos		

Personagens

9 As personagens femininas e masculinas que formam os pares apaixonados das histórias de *Três amores* são bem diferentes umas das outras.
a) Complete o quadro seguinte, caracterizando cada uma delas:

Julieta	Catherine	Rute
Romeu	**Heathcliff**	**Thomaz**

b) Você se identificou com alguma dessas personagens? Por quê?

_____

10 Nas três histórias são evidenciadas as relações entre os protagonistas e seus respectivos familiares, responsáveis por sua educação, por sua formação. Como pode ser caracterizado o relacionamento de:
a) Julieta e seus pais: _____

_____

_____

_____

b) Catherine e Heathcliff (adolescentes) com Hindley Earnshaw (irmão mais velho de Catherine): _____

_____

c) Thomaz e seus pais: _____

_____

_____

_____

_____

_____

11 Em *O Morro dos Ventos Uivantes*, nos capítulos 3 e 4, a caracterização do espaço está diretamente relacionada com a caracterização das personagens que habitam o morro e a Granja Thrushcross, evidenciando contrastes entre as duas propriedades vizinhas e seus respectivos moradores. Releia o trecho em questão e aponte algumas oposições entre eles.

_____

_____

PRODUÇÃO DE TEXTOS

12 Ao longo dos séculos, milhares de leitores e espectadores têm se emocionado com a história de Romeu e Julieta, lamentando a morte do casal apaixonado. Você terá agora a oportunidade de criar um novo final para essa história, salvando os dois amantes da morte e contando o que aconteceu depois que se viram livres dos obstáculos que os impediam de ficar juntos. Após escrever seu texto, leia-o para seus colegas de classe e ouça as versões elaboradas por eles. A seguir, discutam as seguintes questões: Se o final trágico fosse substituído por um final feliz, a história de Romeu e Julieta teria o mesmo impacto e a mesma força que a tornaram tão famosa? Por quê?

13 Nelly encontra Heathcliff morto, apoiado no parapeito da janela do quarto dele, com os olhos abertos e um sorriso estranho nos lábios. Para a antiga criada, a alma do falecido foi levada pelo fantasma de Catherine. Produza um conto apresentando a cena da morte de Heathcliff. Lembre-se de criar uma atmosfera coerente com a história que leu.

14 Thomaz está esperando uma visita de Rute e tem esperanças de sair do Recanto Santo Onofre com ela, recomeçando sua vida. Escreva mais um capítulo para *Um amor em dez minutos*, narrando o encontro de Thomaz e Rute. Não se esqueça de utilizar o discurso direto e de empregar uma linguagem adequada às personagens.

15 Você já ficou perdidamente apaixonado(a)? Redija uma página de um diário pessoal, relatando essa experiência. Caso ainda não tenha sido dominado por esse sentimento, idealize esse momento e ponha-o no papel.

ATIVIDADES COMPLEMENTARES
(Sugestões para Literatura, Vídeo, Geografia e Ciências)

16 Tanto *Romeu e Julieta* quanto *O Morro dos Ventos Uivantes* foram adaptados por Marcia Kupstas exclusivamente para compor o volume *Três amores*. Com a ajuda de seu professor, faça uma pesquisa sobre essas obras originais, buscando obter mais informações sobre seus respectivos autores e contextos. Por exemplo, *Romeu e Julieta* é uma história que já existia na tradição oral e foi imortalizada pela versão teatral de William Shakespeare. Já *O Morro dos Ventos Uivantes* foi escrito por Emily Brontë. Ao final da pesquisa, troque as informações coletadas com seus colegas de classe.

17 Já foram realizadas várias versões de *Romeu e Julieta* e de *O Morro dos Ventos Uivantes* para o cinema. Assista a pelo menos uma das versões de cada história e compare-as com os respectivos textos de *Três amores*. Seguem algumas indicações:
- *Romeu e Julieta* (1968/Paramount Pictures), de Franco Zeffirelli; *Romeu + Julieta* (1996/20th Century Fox), de Baz Luhrmann.
- *O Morro dos Ventos Uivantes* (1939/Embassy Home Entertainment), de William Wyler; *O Morro dos Ventos Uivantes* (1970/Globo Vídeo), de Robert Fuest; *O Morro dos Ventos Uivantes* (1992/Paramount Pictures), de Peter Kosminsky.

18 Discuta com seus colegas de turma sobre o seguinte tema: As diferenças de classes sociais podem interferir nas relações amorosas? Como?

19 Com a ajuda de seu professor, organize um ciclo de debates sobre a saúde (ou qualidade de vida) dos adolescentes, focalizando também a questão das drogas.

c) Thomaz e Rute:

5 Tanto em *Romeu e Julieta* quanto em *O Morro dos Ventos Uivantes*, a morte exerce um papel importante no que se refere à aproximação dos amantes. Que papel é esse?

6 Em *Um amor em dez minutos*, embora a morte não esteja presente explicitamente, a princípio Thomaz encontra-se em tal situação que sua atitude diante da vida beira a inação, a desistência. Qual é a contribuição do amor na vida do rapaz?

Focos narrativos

7 *Romeu e Julieta* apresenta um narrador em terceira pessoa. Explique como se dá a narração nas demais histórias de *Três amores*.

cumpra minha ordem: vá até a farmácia e traga-me o boticário. Depressa!
Os empregados entravam e saíam da casa, ajeitando a partida. Romeu se deixou levar pelo desespero:
— Julieta, eu lhe prometo... ainda esta noite, ao seu lado deitarei. O boticário me venderá um veneno. Bem sei, um fortíssimo veneno! E terei morte certa.

Enquanto Romeu comprava o veneno e, a seguir, partia com Baltasar para Verona, o destino tramava em contrário, e um emissário do frei Lourenço desencontrou-se de Romeu por alguns instantes... A carta do padre, avisando o rapaz do embuste, não foi entregue, e o pobre apaixonado seguia seu caminho na crença terrível de que sua amada estava perdida para sempre.

10
NA CRIPTA DOS CAPULETOS

EM VERONA, ERA NOITE alta quando chegaram Romeu e Baltasar. Os dois viajaram calados, afogados em pesar. Na cripta dos Capuletos, Romeu tomou uma atitude previamente decidida: a de arrombar a tumba para a última despedida.

— Entregue esta carta ao meu pai logo ao amanhecer — disse Romeu antes de arrombar a porta. — Ela o avisará do que pretendo fazer... e, se é meu amigo fiel, Baltasar, não me perturbe. Quero ver o rosto de Julieta pela última vez e cumprir o meu destino.
Baltasar se afastou, e Romeu entrou na cripta. A tocha que levava iluminou os corpos amortalhados, em especial de Tebaldo e de Julieta. Devagar, Romeu levantou o lençol que cobria sua esposa. Trêmulo, contemplou-a pela última vez.
— Por que ainda está tão linda, Julieta? Nem a morte conseguiu destruir sua beleza, e suas faces estão ainda tão rosadas...
Romeu olhou para o cadáver ao lado da amada e disse ao antigo inimigo:

— Perdoe-me, Tebaldo. Você era, sem saber, meu primo, pois casado eu já estava com Julieta. Perdoe-me. Perdoe essa mão que o arrancou da mocidade, mas saiba que agora já não sou seu inimigo. Brevemente, serei seu companheiro de viagem pelas estradas do além.

Comovido, Romeu tocou no rosto de Julieta.

— Querida esposa, está tão formosa! Agora aqui ficarei com você, nos aposentos da noite tenebrosa, em companhia dos vermes, nossos criados. Dividiremos essa mortalha eternamente.

Romeu destapou o vidro de veneno e bebeu o líquido.

— Boticário honesto, sua droga é rápida e já sinto seu efeito... — Com muito custo, Romeu se aproximou do rosto de Julieta. — Quero um beijo de despedida, minha amada. E, com ele, deixarei a vida.

O último gesto de Romeu foi beijar a mulher querida, aquela que, por um breve período, fora sua esposa na Terra e que, a partir daquele momento, ele acreditava, desposaria no além.

Ao chegar à entrada da cripta, frei Lourenço tropeçou em Baltasar, que ali estava feito cão de guarda. Na escuridão da noite, o frei não o reconheceu.

— Quem está aí? São Francisco me ajude, que eu não tenha demorado! O que está acontecendo? Quem é, é Romeu?

— É Baltasar, amigo de Romeu — disse o rapaz. — Padre, temo por meu companheiro. Romeu entrou na tumba dos Capuletos e já está lá faz meia hora... Ficou completamente transtornado, quando soube que Julieta está morta e...

— Morta! — interrompeu o padre. — E quem disse que ela está morta, infeliz? É isso que devo contar a Romeu! Que a desgraça não tenha ainda se cumprido, meu bom Deus! Continue de guarda e me avise se alguém chegar, vou ver se ainda há tempo...

O frei alcançou o túmulo de Julieta no instante em que a moça acordava.

— Padre, que bom vê-lo! Então tudo aconteceu. Sei onde estou, reconheço a cripta... e Romeu? Eu pressinto a proximidade dele, mas por que ele se cala? Romeu, onde está?

— Está aqui, ao seu lado! — disse o frei. — Mas seja forte, minha filha, que nosso plano foi frustrado. Seu esposo apoia-se em seu colo, mas é impossível que lhe fale. Oh, Deus! Está morto, envenenado! Não podemos nos tardar. Tenho de levá-la para longe, a um convento talvez, venha... ouço vozes, há mais gente se aproximando!

Frei Lourenço ia de um lado ao outro da tumba, desesperado. Quando Julieta entendeu o significado da agitação do padre, uma estranha calma apossou-se dela. Acariciou lentamente o cabelo de seu amado, ainda tão próximo de seu corpo, e pediu:

— Siga na frente, frei Lourenço. Preciso ficar sozinha para minha despedida. Depois, sim, depois que me despedir, aceito qualquer solução que o senhor quiser. Mas vá! Deixe-me a sós com meu marido!

— Oh, Senhor! Piedade! — rogou o frei, correndo para a porta da cripta.

Julieta se debruçou sobre o corpo do amado. Nem sequer teria tempo para destilar toda sua dor. A partir do instante em que viu Romeu morto, soube que teria de tomar uma decisão rápida e brutal.

— Oh, Romeu, por que fez isso? Que destino traiçoeiro...

Apalpou as mãos do rapaz e encontrou o vidro do boticário.

— O que tem entre os dedos, veneno? Será que algum gole não restou para mim? — Julieta verificou se sobrara um pouco do líquido no frasco. — Que sovina, meu querido, tomou tudo... Mas quem sabe, em seus lábios, ainda restou algum veneno... — Ela beijou a boca do marido. — Seus lábios ainda estão quentes...

Mais ruídos, mais passos à porta. Era iminente a entrada de pessoas na cripta. Julieta sacou o punhal da bainha onde Romeu o guardava.

— Seja bem-vindo, punhal. Por sua lâmina benfazeja, encontrarei o meu amado do outro lado da vida.

Por um segundo, a moça vacilou:

— Adeus, meu amor. Olá, meu amor. Eu me despeço de você nesta vida e o reencontro na próxima.

Julieta cravou a arma em seu peito e morreu.

Por um momento, por apenas um breve instante, fez-se um silêncio frio e mortal. Foi como se o hálito da morte também se fizesse beijo e, afinal, unisse os corpos dos dois amantes.

De repente, a cripta ficou pequena, devido à quantidade de gente que ali entrou: Baltasar, frei Lourenço, alguns guardas do príncipe, o sr. e a sra. Capuleto, o patriarca Montecchio, amigos de Romeu, criadas, amas, aias.

— O que está acontecendo? — perguntou a sra. Capuleto. — Pelas ruas, o povo todo ora grita o nome de Romeu... ora chora por Julieta...

— Mulher, o corpo de Julieta sangra... Olhe, um punhal! — exclamou o sr. Capuleto. — E a bainha está vazia ao lado do Montecchio.

— É meu filho Romeu... Quanta desgraça — gemeu o sr. Montecchio. — Minha esposa faleceu ontem de madrugada, quando soube do desterro de Romeu. E mais essa? Que triste costume é esse agora, meu Deus, de o filho acabar na sepultura à frente do próprio pai?

Ouve-se o ruído de vozes exaltadas. Então entrou o príncipe.

— Exijo saber o que acontece aqui! — disse o príncipe. — Vamos esclarecer o mistério... que se apresentem as pessoas suspeitas.

— Achamos este padre, senhor, que só chora e se lamenta... — Um guarda apontou para frei Lourenço.

— Sim, eu sei de tudo — falou o frei, calando com seu desabafo o rumor da multidão. — Dos presentes neste sepulcro, certamente sou o mais suspeito, mas não sou apenas eu o culpado. Culpa tenho por casá-los...

Nesse momento, o ruído de vozes voltou a ser ouvido, mas o frei o abafou com um grito:

— ELES SE AMAVAM!...

E continuou:

— Romeu e Julieta eu uni por matrimônio, contra a vontade dos homens. Mas o destino se fez trágico, Romeu foi banido... e os Capuletos quiseram casar Julieta com Páris. Pois a moça aceitou o embuste de se fazer de morta e agora, à noite, retornar à vida, junto de seu amor, para acompanhá-lo no desterro em Mântua. No entanto, quanta tragédia! Romeu de nada sabia dessa farsa e aqui veio e se matou... Ao despertar, a pobre moça também preferiu a morte. Oh, que maldição caiu sobre as nossas cabeças! Montecchio, Capuleto, vejam o que conseguiram com tanto ódio e rancor!

O padre uniu as mãos dos inimigos sobre as cabeças de seus filhos mortos.

— Irmão Montecchio, perdoe-me... — pediu o sr. Capuleto, apertando a mão do outro patriarca. — E aceite este cumprimento como se fosse o dote da minha filha.

— Pois eu lhe dou um outro dote, Capuleto — respondeu o antigo inimigo. — Mandarei fazer uma estátua de ouro desta jovem e a colocarei na cidade. Será a imagem fiel da bela Julieta Capuleto, amada esposa de meu falecido Romeu.

— Nossos filhos pagaram por nossa inimizade — concluiu o sr. Capuleto. — Que Romeu Montecchio também traga fama a Verona.

A tristeza pairava sobre a multidão feito a mortalha que cobria os mortos do jazigo. O príncipe se adiantou e pediu a palavra final:

— Que paz sombria a que nos chega... Capuleto e Montecchio, afinal, concordam em atitude e se acertam sem maldade... mas a que preço! O amor trágico desses jovens e sua morte precoce selaram o fim da rivalidade entre as duas famílias. Andem todos, que comece o dia. E, nesse novo dia, se nada temos a comemorar, temos muito que dizer e relembrar... porque, daqui por diante e pelos séculos afora, há de viver na memória de todos a triste história de Romeu e Julieta.

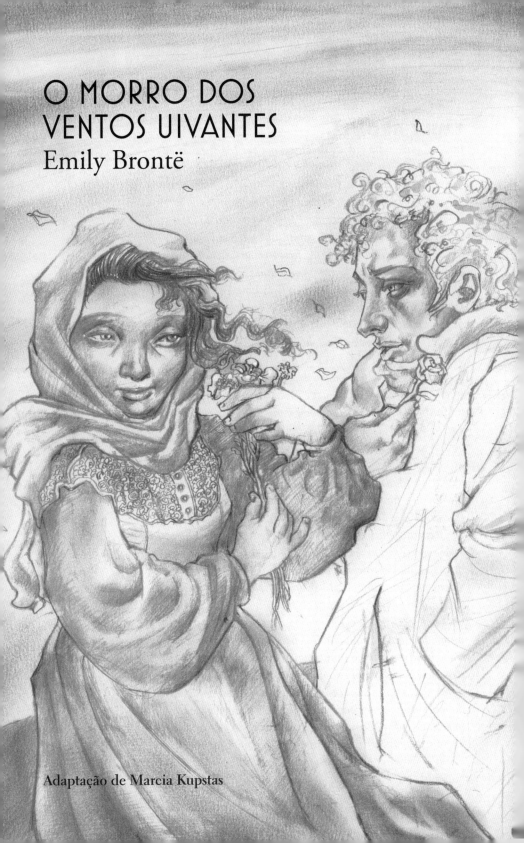

EMILY BRONTË.

Inglesa, nasceu na cidade de Thornton, em 1818, e faleceu em Haworth, em 1848. Pertencia a uma família marcada pelo talento e pela tragédia. Eram cinco meninas e um garoto, filhos do reverendo Patrick Brontë, que enviuvara cedo e vigiava com rigor o seu pequeno rebanho. Maria e Elizabeth, as mais velhas, faleceram na juventude, tal como o único irmão, Branwell. Porém, Emily fez trio com Charlotte e Anne, produzindo obras que fascinam os leitores até os nossos dias. Charlotte iniciou a carreira com o livro Jane Eyre, *em 1847, que teve sucesso de crítica e público. A história romântica despertou forte interesse dos leitores inclusive para as obras das outras Brontës. Portanto, havia grande expectativa quando o romance* O Morro dos Ventos Uivantes, *único livro escrito por Emily, foi lançado pouco depois, também em 1847. Infelizmente, sua receptividade junto ao público, na época, foi frustrante. A obra incomodou muito, com a violência e selvageria das personagens. Ninguém é poupado: os diálogos são ferozes e mesmo aqueles que parecem gentis no convívio social, como os Lintons, revelam traços de rebeldia ou agressividade. E o que dizer de Heathcliff e Catherine? Heathcliff é um menino órfão recolhido por caridade pelo sr. Earnshaw e se divide entre o ódio e o amor. Detesta o irmão de Catherine e deseja vingar-se dele, enquanto ama com ardor aquela que deveria ser sua irmã adotiva. Na impossibilidade de desposá-la, envolve-se em um turbilhão de vingança e destruição, que atingirá até a geração seguinte.*

O Morro dos Ventos Uivantes, *se foi recebido com reservas em sua época, revelou-se com o passar dos anos uma obra-prima da literatura inglesa. É espantoso que uma moça tímida como Emily, morando numa região inóspita como a de seu romance, tenha produzido uma história tão densa em seus retratos de amores desesperados e loucos. Talvez a vida interior da romancista a alimentasse e a fizesse superar um cotidiano monótono e de poucas perspectivas. Porém, se viveu pouco e teve seus horizontes tão limitados, o talento literário tornou Emily Brontë um nome eternamente conhecido na literatura mundial.*

1
COMO CONHECI O MORRO DOS VENTOS UIVANTES

ACABO DE VOLTAR DE uma visita e estou fascinado por ter encontrado um homem mais antissocial do que eu! Heathcliff, o proprietário da casa que aluguei, deve ser um dos maiores misantropos do mundo! E olhe que me considero um digno representante da *misantropia*, esse sentimento de aversão ao contato social! Tanto me sinto diferente da maioria das pessoas que resolvi me isolar nesta região da Inglaterra, depois que minha incapacidade de revelar os sentimentos a uma certa garota acabou por me perpetuar na condição de solteirão desprezado...

Mas essa é outra história, falava era de meu locador. Senti enorme simpatia por ele, quando parei o cavalo diante do pátio da sua casa e disse:

— Sr. Heathcliff! Sou Lockwood, o novo inquilino da Granja Thrushcross. Acabei de me instalar e quis cumprimentar o dono de tão belo lugar...

O olhar que me lançou! Seus olhos negros faiscaram, e, por um instante, pensei que em vez de um cumprimento me diria um sonoro "vá para o diabo!". Afinal, rangendo os dentes, chamou Joseph, um criado tão carrancudo quanto ele, e pediu que nos trouxesse vinho, enquanto me indicava a entrada da casa.

Seguimos para uma sólida construção de pedra, cujo nome, O Morro dos Ventos Uivantes, não desmente a localidade onde se ergue nem as terríveis condições atmosféricas da região. A residência do sr. Heathcliff consegue resistir ao clima violento, cortada por ventanias que assobiam o tempo todo. Antes de entrar, ainda inspecionei umas estranhas esculturas na fachada, com a inscrição: "1500 — HARETON EARNSHAW". Como estamos em 1801, o ano da inscrição só confirmou a solidez da casa, permanecendo intacta por três séculos, apesar do clima tão inóspito.

Pensei em perguntar mais sobre a história daquela construção e como ela acabara nas mãos de Heathcliff, porém, mal bebemos o vinho, o homem saiu da sala com o criado e fiquei só, com os cachorros. Até seus cães pareciam mal-humorados e desconfiados: havia uma feroz cadela pastora, rodeada de filhotes, que me arreganhava os dentes ao menor movimento, e um par de autênticos lobos, que me ameaçavam com rosnados... Afinal, entendi como não era bem-vinda a minha visita e fui embora.

Mas estava disposto a voltar, tamanha curiosidade me despertou aquele homem estranho, dono das duas melhores propriedades da região e tão rústico como se fosse um pré-histórico.

O dia seguinte mostrava-se frio e enevoado, pouco adequado a passeios. Mesmo assim, ao final da tarde, resolvi caminhar até a casa dos vizinhos. O tempo piorou terrivelmente, e, quando bati à porta de O Morro dos Ventos Uivantes, a neve começava a cair.

Os cães latiam, e os nós de meus dedos doíam, mas ninguém respondia a meus chamados. Havia luz dentro da casa, no entanto aquela gente miserável trancava-se e preferia fingir-se de surda a atender a porta. Finalmente, ouvi a voz do criado, que saiu do celeiro, gritando:

— Quem é? — E fez uma careta ao me reconhecer. — Ah, é o senhor... Então voltou, hem? Se quer falar com o patrão, ele está lá nos fundos.

— Tenho frio, Joseph, preciso descansar... Não há ninguém que possa me abrir a porta da casa?

— Só a patroa, e ela não abriria nem que o senhor pedisse a ajuda de mil demônios — resmungou o velho, voltando ao celeiro.

Para minha sorte, antes que precisasse mesmo fazer isso, surgiu no pátio um rapaz sem paletó, carregado de ferramentas. Ele me conduziu, por uma entrada lateral, à mesma saleta da véspera, onde agora uma moça se aquecia, em frente à lareira. Ela me encarou, sem dizer uma palavra sequer.

— Que tempo terrível! — observei. Como a moça não fez nenhum comentário, prossegui: — Sra. Heathcliff, sou Lockwood, seu novo vizinho, e lamento informar que seus criados são muito descuidados, custaram a me ouvir batendo à porta da entrada. Temo até ficar doente por causa dessa demora...

Ela continuou muda, apenas mantendo sobre mim um olhar provocativo e desagradável. Foi o rapaz quem me apontou uma cadeira:

— Sente-se. Ele não demora a chegar.

Afastando-se do fogo, a moça andou até um armário. Reparei que era bem jovem, mal saíra da puberdade. Seu rosto era belo como poucos, mas a expressão dos olhos era incômoda. Tentou, na ponta dos pés, alcançar uma caixa de chá. Corri para ajudá-la, no entanto ela se voltou contra mim com a fúria de um avarento a quem ameaçassem pegar o dinheiro:

— Não preciso de sua ajuda! Posso pegar a caixa sozinha! — Pondo um avental sobre o vestido preto, perguntou: — Foi convidado para tomar chá?

— Gostaria, sim, de tomar uma xícara.

— Mas foi convidado?

— Não... — Quase sorri. — Certamente a senhora pode me fazer o convite.

Imediatamente, a garota deixou a caixa de chá sobre uma mesa auxiliar e voltou a sentar ao pé do fogo, irritada. Tinha o lábio inferior bem vermelho e fazia beicinho como uma criança prestes a chorar.

Eu estava cada vez mais atarantado. Que atitudes, que bichos do mato! Quem eram aquelas pessoas afinal? Voltei-me para o moço, procurando uma explicação, e achei um rival. Ele havia jogado nos ombros um surrado casaco e me encarava com olhos duros, como se entre nós houvesse um ódio mortal. Comecei a duvidar se seria mesmo um criado... Era bruto, sim, de cabelos longos e queimados de sol, costeletas invadindo as bochechas e uma linguagem grosseira, mas tinha o porte altivo, e não demonstrava cuidados servis com a patroa.

Nesse momento, chegou Heathcliff.

— Ah, voltou... Não tem medo de se perder nos pântanos? Ainda mais com um tempo desses? — Sem esperar minha resposta, dirigiu-se à moça: — Vá fazer o chá.

Ela me apontou com o rosto e perguntou:

— É preciso fazer para ele?

46 | O MORRO DOS VENTOS UIVANTES

— Faça como mandei! E já! — Heathcliff respondeu de modo tão ríspido que estremeci.

Afinal, sentamos nós quatro à mesa para o chá. Um silêncio penoso marcou o tempo em que nos servimos. Temendo que fosse a minha presença a causa de tanto embaraço naquela família (achei impossível seres humanos conviverem desse modo bárbaro todos os dias), puxei um assunto leve com meu senhorio:

— Curioso, sr. Heathcliff... poucas pessoas poderiam supor que uma vida tão reclusa como a sua pudesse contar com a felicidade doméstica. Mas vendo-o assim, com sua amável esposa cuidando da sua casa e de seu coração...

— Minha amável esposa? — ele me interrompeu com uma risada quase diabólica. — Onde ela está?

— A sra. Heathcliff, sua mulher...

— Ah, a sra. Heathcliff? Será que ela saiu do reino dos mortos e veio velar por O Morro dos Ventos Uivantes?

Nossa, que gafe a minha! Devia ter reparado na diferença de idade entre eles: o sr. Heathcliff estaria por volta dos 40 anos, era um homem forte e rijo, sem dúvida, mas a moça que servira o chá mal teria 17 anos... Veio-me, então, a inspiração; aquele moço de dedos sujos, que bebia o chá na tigela, devia ser filho de Heathcliff e marido da garota! E me apiedei dela: pobrezinha, parecia ser moça educada, porém, vivendo em tal fim de mundo, só teve chance de se casar com um rústico daqueles.

— A sra. Heathcliff é minha nora — explicou Heathcliff, confirmando minhas suspeitas.

— Ah, que felicidade a sua, senhor — dirigi-me ao rapaz de dedos sujos —, ser o dono dessa fada de beleza tão especial...

O infeliz ficou corado até a raiz dos cabelos e resmungou uma praga. Heathcliff novamente desfez o mal-entendido:

— Sr. Lockwood, suas suposições estão cada vez piores... Nenhum homem aqui é dono da sua boa fada. Eu disse que Catherine é minha nora porque ela se casou com meu filho, falecido há pouco tempo.

— Ah... e esse rapaz é...

— Sou Hareton Earnshaw — ele interveio. — E eu o aconselho a respeitar esse nome, senhor!

— Sossegue, rapaz, não tive a menor intenção de ser desrespeitoso...

Lembrei que aquele nome estava escrito na fachada da casa. Então esse rapaz seria parente do fundador da propriedade? O que ele fazia na triste condição de empregado de Heathcliff, se era descendente do antigo dono do lugar? Poderia me remoer em dúvidas, mas preferi calar. Já havia tido, por uma noite, um quinhão mais que suficiente de embaraços e estranhamentos...

Ah, tola ilusão a minha, a de que a noite encerrara sua dose de surpresas! Ao final do chá e de um longo tempo de silêncio, despedi-me para voltar à Granja Thrushcross. A nevasca, porém, estava impossível, dificilmente eu acharia o caminho na escuridão. Teria de pernoitar em O Morro dos Ventos Uivantes.

Essa possibilidade irritou terrivelmente Heathcliff. Meu locador esbravejou contra estranhos que faziam visitas fora de hora e foi tão maleducado que estava a ponto de me arriscar sozinho pela noite, quando, afinal, vislumbrei algum sinal de generosidade: surgiu uma robusta criada, Zillah, que intercedeu a meu favor junto ao patrão. Fui então conduzido por ela ao andar superior, com a orientação de não fazer barulho nem mexer nas coisas, pois eu ficaria em um quarto que Heathcliff sempre deixava trancado.

Perguntei o porquê disso, e Zillah não soube responder. Trabalhava ali havia dois anos, mas achava tão estranhos os modos de todos que não se atrevia a fazer indagações. Deixou-me uma vela e partiu.

O quarto devia estar abandonado havia muito tempo, porque os poucos móveis estavam cobertos de poeira. Descobri, atrás de um biombo, um canto particular muito interessante, com uma cama encostada na janela, cuja borda servia de estante e mesa. Coloquei a vela ali e revirei alguns livros empilhados, muito estragados pela umidade. Então notei algumas inscrições feitas à ponta de faca na pintura da cama, um mesmo nome se repetia com sobrenomes diferentes: Catherine Earnshaw, Catherine Heathcliff, Catherine Linton. Quem seria? Imagino que não seja aquela Catherine emburrada que me servira o chá horas antes...

Em uma Bíblia datada de um quarto de século atrás, li, em caligrafia infantil, a frase: "Pertence este livro a Catherine Earnshaw". Também encontrei, em outros livros, uma divertida e reveladora caricatura de Joseph, o criado carrancudo, além de vários comentários e registros em forma de um diário regular, tais como o de uma aula chata sobre religião, o da alegria de um dia de passeio, o da tristeza pelos castigos que um tal Hindley (descobri depois que era o irmão mais velho da desconhecida Catherine) impunha a um garoto chamado Heathcliff...

Em meio a tantos nomes repetidos e palavras bíblicas, adormeci. Tive um sonho estranho, com um pregador religioso exigente... Depois, homens lutavam diante de um púlpito... socos, pancadas... Afinal, reconheci minha presença no quarto empoeirado e identifiquei as pancadas como batidas dos galhos na janela...

Ainda sonhando (será que ainda sonhava?), levantei-me para fechar melhor a janela. Nesse momento, os galhos estilhaçaram o vidro, e vi meus pulsos serem agarrados por duas mãos gélidas!

— Deixe-me entrar... deixe-me entrar... — implorou o vulto do lado de fora.

— Quem é você? — perguntei.

— Catherine Linton — identificou-se a voz trêmula (*Ah, por que pensei em Linton se por vinte vezes eu lera o nome Earnshaw naqueles livros e só uma vez o tal Linton?*). E prosseguiu: — Voltei para casa. Eu estava perdida no pântano, mas agora voltei para casa.

Consegui ver seu rosto. Era uma menina pálida que estava na noite. Mas o medo me deixara cruel, e não foi a sua idade que me impediu de esfregar aquelas mãozinhas no vidro cortante da janela, tentando me libertar. A voz continuou a gemer: "Deixe-me entrar", e eu continuei serrando seus pulsos que se aferravam nos meus, apavorado demais para lhe obedecer, louco de terror.

O sangue da menina encharcava a janela, quando afinal me soltou. Precisava impedi-la de entrar e para isso recorri aos livros da estante, fui empilhando-os diante da vidraça, enquanto gritava:

— Não, eu não a deixarei entrar, Catherine, nem que peça por vinte anos!

— Vinte anos... Por vinte anos, estive perdida... uma alma errante... Deixe-me entrar, deixe-me entrar, por favor!

A muralha de livros não seria empecilho para a aparição. Seus lamentos e gemidos foram substituídos por pancadas fortes que espalharam os livros a meus pés... e, diante da possibilidade da invasão do quarto, gritei.

Gritei e gritei mais, dei berros do mais autêntico pavor. E, de súbito, vi-me também tomado de vergonha, pois percebi que os gritos eram reais. Eu realmente tinha acordado, estava no quarto de O Morro dos Ventos Uivantes, e havia alguém real, também, socando a porta.

— Quem está aí? Tem alguém aí? — Era a voz de Heathcliff.

— Sou eu, Lockwood... Desculpe se o acordei, senhor, mas...

Que visão terrível quando Heathcliff entrou no quarto! Vestia apenas a roupa de baixo, seu rosto estava tão pálido como a parede que lhe ficava atrás, e sua mão tremia tanto que a vela lhe escapou dos dedos.

— Para o diabo, sr. Lockwood! O que está fazendo neste quarto?
— Foi sua criada, Zillah, que me trouxe para cá, a fim de passar a noite... Mas antes tivesse ficado na neve, sr. Heathcliff! Esta casa é mal-assombrada! Eu vi... eu ouvi, por Deus, aquela coisinha ruim que me agarrou as mãos e queria entrar... Catherine Linton ou Earnshaw... Contou-me que há vinte anos anda penando pela Terra.

Súbito, lembrei-me da junção de nomes Catherine e Heathcliff na velha Bíblia e abaixei o tom de voz, envergonhado da indiscrição. Pensei em mentir sobre a leitura casual dos registros da antiga ocupante do quarto, mas meu anfitrião não se incomodou com perguntas. Heathcliff agia feito louco. Mal ouviu meu relato, expulsou-me dali, e, enquanto eu saía, ainda vi seu vulto diante da janela escancarada. Seus cabelos estavam revoltos pelo vento cruel, os assobios do ar pareciam uivos pavorosos, seus braços se erguiam contra o céu tempestuoso, e, em crise de lágrimas e soluços, o homem gritou para a noite e para a ventania:

— Oh, venha! Venha, Catherine! Uma vez somente, querida de meu coração, escute-me e venha...

Havia tal desespero naquela explosão de dor que a compaixão me fez esquecer a loucura do homem. Mas os fantasmas devem ter sentimentos diferentes, porque a aparição não retornou, por mais que Heathcliff implorasse diante da janela.

Esperei amanhecer e parti, mesmo tendo de enfrentar a neve espessa que me batia no peito. Eu estava resolvido a escapar daquela casa de loucos. No meio da manhã, cheguei à Granja Thrushcross, para a alegria de meus assustados criados, que já me supunham morto nos pântanos. Enregelado e tiritante, fui conduzido a meus aposentos, decidido a nunca mais ouvir uma palavra a respeito daquele maldito solar de O Morro dos Ventos Uivantes. Eles que ficassem com seus segredos e mistérios, antes que me contaminassem com sua maligna e sombria loucura.

2
COMO HEATHCLIFF TORNOU-SE HEATHCLIFF

QUE VAIDOSOS CATA-VENTOS somos nós! Giramos ao sabor do vento... Quando retornei à Granja Thrushcross, meio morto de frio e ainda contaminado pela virulência maldosa dos fantasmas — vivos ou mortos — de

O Morro dos Ventos Uivantes, estava resolvido a nunca mais manter qualquer contato com o lugar. Porém, a curiosidade e o tempo disponível falaram mais alto. À hora do jantar, já investigava quem poderia detalhar a história daquela gente — tanto de Catherine, o fantasma que me abalou a noite, quanto daquela linda e triste viuvinha. Ardia por entender melhor o estranho relacionamento desta com Heathcliff e o mistério de Hareton Earnshaw, o abrutalhado rapaz que trabalhava feito um servo, mas carregava o nome e o sobrenome do antigo dono da mansão...

A criada Ellen Dean pareceu-me a pessoa ideal para confidente: era nativa da região e serviçal da granja havia quase vinte anos. Chamei-a, então, à sala, após o jantar, e detalhei minha visita a O Morro dos Ventos Uivantes. A pobre sra. Dean, ou Nelly, como também era chamada, ficou muito abalada e quis saber notícias da garota, Catherine. Disse que amava a menina como filha, pois a havia criado. Então, contei-lhe que a jovem parecia bem e pedi que me falasse um pouco sobre esses estranhos vizinhos. Ela concordou, disse que, se me sobrava tempo e vontade, bem poderia contar a história dos moradores do lugar. Enquanto eu aguardava seu relato, curioso, a boa mulher buscou uma cesta de costura às pressas e aproximou sua cadeira da minha, ao pé da lareira, feliz em me ver tão sociável. Então, ela começou...

Antes de morar e trabalhar aqui, eu estava sempre em O Morro dos Ventos Uivantes. Minha mãe criou o sr. Hindley Earnshaw, pai de Hareton, aquele rapaz abrutalhado que o senhor conheceu naquela propriedade. O sr. Hindley foi meu colega de infância e era o filho mais velho do antigo patrão, o sr. Earnshaw.

Quer saber como era o sr. Earnshaw? Um verdadeiro cavalheiro, membro de uma das mais respeitáveis famílias da região. Era sério e rigoroso na educação dos filhos, Hindley e Catherine. Gostava da religiosidade do seu criado, Joseph, e este, a meu ver, abusava dessa confiança. Que homem mais traiçoeiro em usar as palavras bíblicas, sr. Lockwood! Do tipo que procura toda afirmação que lhe traga vantagens e os mais terríveis castigos para quem o atrapalhe. Mas o patrão confundia esse conhecimento mesquinho com sabedoria religiosa e ouvia os conselhos do criado com constante atenção.

Apenas em uma questão o sr. Earnshaw não atendia a ninguém. No que se referia a Heathcliff, seus ouvidos eram surdos...

Ah, o senhor quer saber como Heathcliff chegou a O Morro dos Ventos Uivantes? É o que lhe contarei agora.

Eu era jovem e já trabalhava na casa. Lembro que estava tomando a papa de aveia pela manhã, com Hindley e Cathy, quando o sr. Earnshaw surgiu na cozinha, em trajes de viagem. Deu as ordens de serviço para Joseph e se dirigiu ao filho:

— Hindley, estou indo a Liverpool. O que quer que lhe traga? Escolha o que desejar, mas nada muito grande, porque voltarei a pé...

Hindley pediu uma rabeca. Depois foi a vez de Cathy, que escolheu um novo chicote de montaria. Que menina esperta, sr. Lockwood! Catherine estava com seis anos, mas era capaz de montar qualquer animal da estrebaria. O patrão também não me esqueceu, pois tinha bom coração, apesar de sua ocasional severidade, e me prometeu maçãs e pêras. Então beijou a família e partiu. Ausentou-se por três dias e, quando voltou, trazia prenda bem diferente...

Eram mais de onze horas da noite quando o sr. Earnshaw retornou, morto de cansaço. Abriu o casaco e disse à esposa:

— Veja, minha velha, o que lhe trouxe... Espero que entenda essa minha carga como um presente de Deus, embora esteja tão preta como se tivesse saído da casa do diabo.

Estávamos todos em volta do patrão quando ele mostrou seu presente: um menino tão sujo e maltrapilho que dava nojo. Seus olhos e cabelos eram bem negros, e, quando ficou de pé, mostrou magreza mas boa altura. Teria aí por volta da idade de Catherine. De repente, o garoto começou a falar numa língua rápida e confusa, o que me assustou. A sra. Earnshaw zangou-se de verdade. Estava a ponto de colocar o menino porta afora. Reclamava de o marido ter trazido um cigano para casa, quando já lhe bastavam os próprios filhos para educar e cuidar.

O patrão tentou explicar o caso, dizendo ter encontrado o garoto meio morto de fome, vagando pelas ruas de Liverpool, sem família ou alguém que o conhecesse, e apiedou-se dele. A sra. Earnshaw reclamou durante mais algum tempo, porém era de um gênio dócil, nunca contradizia o marido, e acabou por aceitar o hóspede. Passou, então, o garoto para minhas mãos, dizendo que lhe ajeitasse banho e roupas limpas e o colocasse para dormir com as outras crianças.

Hindley e Cathy mal esperaram os adultos se acalmarem para revirar os bolsos do casacão do sr. Earnshaw, em busca dos presentes prometidos. Hindley era um rapaz de catorze anos, mas, quando encontrou os pedaços do que fora uma rabeca, começou a chorar, desconsolado como um bebê. Cathy também ficou decepcionada quando soube que as andanças do patrão com o menino acabaram por fazê-lo perder o chicote, e expressou seu descontentamento careteando e cuspindo na direção daquela criaturinha suja. Essa má-criação lhe valeu um bom tapa do pai para ensiná-la a ter mais modos.

De minha parte, também não agi bem em relação ao infeliz. Desobedeci à patroa e, em vez de lhe dar banho e conduzi-lo ao quarto das crianças, larguei-o na varanda, com a esperança de que fugisse durante a noite. Foi por acaso que o sr. Earnshaw se levantou de madrugada, ouviu os gemidos do menino e descobriu o que eu havia feito. De manhã, fui despedida!

Então, sr. Lockwood, como pôde notar, essa foi a "bem-aventurada" chegada de Heathcliff a O Morro dos Ventos Uivantes!

Claro que desconsiderei minha demissão e, dias depois, voltei à casa do sr. Earnshaw. As coisas já andavam um pouco diferentes.

Batizaram o menino de Heathcliff, era o nome de um filho dos Earnshaws que morrera quando criança e, daí por diante, ficou sendo, ao mesmo tempo, o nome de batismo e de família dele. A srta. Cathy e Heathcliff estavam muito íntimos, mas o sr. Hindley o odiava! Sempre que possível, perseguia e espancava o "pobre órfão", como dizia o patrão, ou *o intruso*, como supunha ele. A patroa nunca intervinha a favor de Heathcliff quando o via ser injustamente maltratado. No entanto, as más atitudes de Hindley para com o menino enfureciam o velho sr. Earnshaw, que simpatizava com o jeito quieto e resignado de Heathcliff, o modo como abria os olhos escuros e respondia sempre com a verdade. Essa seriedade dele muito impressionava o patrão, e não tardou a ser o preferido do homem, pois Cathy era indisciplinada e teimosa demais para conseguir esse posto.

Dois anos depois, a sra. Earnshaw morreu, e o patrãozinho ficou mesmo a descoberto. Hindley remoía cada vez mais o rancor contra Heathcliff, acreditando que este era um usurpador do afeto do pai e dos seus privilégios de primogênito.

Como Heathcliff reagia a essa preferência? Acho que mais com insensibilidade do que com afeto ou gratidão. Mas bem sabia tirar partido desse poder! Quer ouvir um exemplo?

Certa vez, o patrão comprou dois potros na feira e deu um para cada menino. Heathcliff ficou com o mais bonito, mas este logo ficou coxo. Ao descobrir o fato, disse para Hindley:

— Quero que troque de cavalo comigo. Se não fizer a troca, digo a seu pai que você me bateu três vezes esta semana e vou mostrar o braço, que está roxo até o ombro.

Hindley lhe mostrou a língua, e Heathcliff continuou:

— É melhor fazer logo a troca, Hindley, porque, se eu contar a seu pai que você ameaça me expulsar daqui depois que ele morrer, quem acabará posto para fora imediatamente será você.

— Miserável intruso! Conquistou meu pai com suas adulações e quer tomar posse de tudo... Que o cavalo arrebente seus miolos com coices!

Heathcliff não se deixou abalar com as ameaças e foi desamarrar o cavalo. Hindley então o empurrou para baixo das patas do animal e fugiu antes de ver se o seu trágico desejo se concretizara...

Eu estava por ali e logo acudi o menino. Que sangue-frio ele revelou! Dispensou qualquer ajuda e continuou selando o potro, sem demonstrar dor. Eu o convenci a nada dizer ao patrão, mas ele pouco se importava com essas fofocas, desde que seus desejos fossem satisfeitos. Criatura estranha, queixava-se tão raramente de brigas como aquela... Até cheguei a pensar que ele não fosse vingativo.

Como me enganei, sr. Lockwood! É sobre isso que vou-lhe contar.

Tempos depois, o patrão adoeceu, e as provocações de Hindley a Heathcliff o irritavam extremamente. Então, a fim de evitar uma desgraça, o padre da paróquia local aconselhou o velho a enviar o filho para um colégio. O sr. Earnshaw concordou, mas eu ainda o ouvi dizer:

— Hindley não presta para nada e nunca chegará a ser coisa alguma.

Enfim... acreditei que teríamos paz naquela casa. E, se isso não aconteceu de todo, foi por causa das reclamações de Joseph. Dissimulado, como sabia das preferências do patrão, evitava criticar Heathcliff e concentrava suas maledicências em Cathy.

Ah, que menina diferente! Nunca vi modos como os dela em nenhuma garota. Fazia qualquer um perder a paciência mais de cinquenta vezes por dia. Da hora de acordar até dormir, estava sempre em ebulição, a língua sempre em movimento... Cantava, ria e atormentava quem não fizesse o mesmo que ela. Era um selvagem diabinho! Porém, sr. Lockwood, não era realmente má. Quando ofendia a gente, ela mesma acabava chorando e nos consolando, para que pudéssemos consolá-la também... Tinha os olhos mais alegres, o sorriso mais doce e o pé mais ligeiro de toda a vila.

Doida por Heathcliff, seu maior castigo era ver-se separada dele. Levava-o a todas as brincadeiras, adorava mostrar como seu poder sobre o garoto era absoluto e que Heathcliff só obedecia ao patrão quando ela dizia que o fizesse. Às vezes, depois de se portar terrivelmente o dia inteiro, a menina aproximava-se do pai, querendo fazer as pazes, mas acabava ouvindo:

— Não, Cathy, você ainda é pior que seu irmão... não posso gostar de você. Acho que eu e sua finada mãe não soubemos educá-la.

No início, isso a fazia chorar. Mas, de tanto ouvir tais críticas, a menina se endureceu e ria quando eu lhe dizia para confessar suas faltas e pedir perdão a Deus.

Lembro bem o dia em que o patrão morreu. Era uma tarde de outubro, um vento forte soprava ao redor da casa, e todos nos reuníramos na sala. Eu me ocupava fazendo tricô, Joseph lia a Bíblia, o sr. Earnshaw se aquecia próximo à lareira, com Cathy apoiada em sua perna, quietinha porque estava adoentada. O menino, Heathcliff, repousava no chão com a cabeça nos joelhos de Cathy. Recordo-me de que o patrão, antes de adormecer, acariciou os lindos cabelos da filha e disse:

— Por que não pode ser sempre uma boa menina, Cathy?

Ela voltou o rosto para ele e riu:

— Por que o senhor não pode ser sempre um papai bonzinho?

Mas logo percebeu que de novo magoara o pai, então beijou sua mão e disse que ia cantar uma canção de ninar. Assim o fez. O homem relaxou, a mão do sr. Earnshaw escorregou, e a garota pediu que todos ficássemos em silêncio para deixá-lo dormir. Por meia hora, ficamos quietos como ratinhos...

Até que Joseph se levantou e disse que ia acordar o patrão para levá-lo ao quarto. Aproximou-se da cadeira e tocou em seu ombro. O homem não se mexeu, sr. Lockwood. Percebi que acontecera alguma desgraça quando Joseph pegou no braço das crianças, murmurou que elas subissem, sem fazer barulho, e rezassem sozinhas naquela noite... pois ele tinha coisas mais importantes a fazer.

— Quero primeiro dar boa-noite ao papai — disse Cathy, atirando-se ao pescoço do homem antes que pudéssemos detê-la. A pobre criança logo percebeu o que acontecera e bradou: — Oh, ele morreu! Heathcliff, ele morreu!

E ambos gritaram de desespero.

3
OS VIZINHOS

APÓS TRÊS ANOS DE ausência, Hindley retornou para o enterro do pai e assumiu a condição de dono da propriedade. Estava um homem feito, mais magro, imponente e, para nossa grande surpresa, trouxe uma mulher com ele, Frances. Ela veio sem dote, e Hindley não nos contou de onde era nem o nome da família dela. Acreditamos que não fosse uma dama digna de ser apresentada ao pai, se estivesse vivo.

A nova sra. Earnshaw era jovem, delgada, de olhos muito brilhantes e me pareceu meio tola. Gostou de tudo na casa e de começo demonstrou afeto pela "irmãzinha", como nomeou Catherine. Entretanto, logo adoeceu, sentia falta de ar, e ficou mais ranzinza. Uma ou duas palavras de desagrado em relação a Heathcliff bastaram para despertar no marido o antigo ódio contra o rapaz. Hindley enxotou Heathcliff da casa principal e mandou-o para junto dos criados, obrigando-o a trabalhar nos campos e proibindo-o de ter aulas com o pároco, que também era professor de Cathy e de outras crianças das redondezas.

Pensa que isso incomodou Heathcliff? O rapaz resignou-se a essa diminuição porque Catherine lhe ensinava o que aprendia e lhe fazia companhia nos campos. Imaginei que cresceriam rudes feito dois selvagens, visto que o novo patrão nem sequer os levava às missas dominicais, na vila de Gimmerton; Joseph e o padre tiveram de interceder para que esse dever cristão fosse cumprido. E, quando Hindley se lembrava de tomar conta dos dois jovens, era assim: espancava Heathcliff até tirar sangue e mandava a irmã para o quarto, sem jantar.

Quantas vezes não chorei sozinha, sr. Lockwood, por aqueles dois seres privados de afeição, crescendo largados, até desavergonhados! O maior prazer deles era vagabundear pelos pântanos o dia todo. O padre podia dar quantos capítulos quisesse para Catherine decorar, ou Joseph

56 | O MORRO DOS VENTOS UIVANTES

sovar Heathcliff até o braço doer, que tudo eles esqueciam no momento em que se encontravam...

Só assim, juntos e livres, eles eram felizes.

Certo domingo à tardinha, Cathy e Heathcliff foram expulsos da sala por fazer barulho e incomodar o patrão, mas, quando a noite chegou, ainda não haviam aparecido. Revirei a casa inteira, até os estábulos e o pátio, e nada daqueles dois. Hindley ficou furioso e mandou trancar a casa, proibindo quem quer que fosse de lhes abrir a porta. Fomos todos para a cama.

Mas eu estava muito ansiosa para dormir, sr. Lockwood. Apesar da proibição, tinha resolvido deixá-los entrar. Pela janela de meu quarto, vi uma luz na estrada e corri para a porta de entrada da casa, antes que algum ruído acordasse o sr. Earnshaw. Era Heathcliff, mas sozinho.

— Onde está Catherine? — perguntei, aflita. — Não aconteceu nenhum desastre, aconteceu?

— Ela está na Granja Thrushcross — disse ele. — Na propriedade dos Lintons, e eu bem ficaria lá se fosse convidado.

Então o rapaz me contou que ele e Cathy andavam pelos campos quando viram as luzes da granja acesas. Curiosos, entraram na propriedade, escondidos, e ficaram olhando pela janela. A casa era uma beleza, com o salão todo atapetado de vermelho, assim como as cadeiras e as mesas. Na sala, estavam apenas as crianças Lintons, Edgar e sua irmã Isabella. Apesar de viverem naquele luxo e conforto, choravam... entre os dois havia um cachorrinho que gania, erguendo a pata.

— Idiotas! — exclamou Heathcliff, furioso. — Quase haviam esquartejado o animal, esse era o brinquedo deles. E depois nenhum dos dois queria ficar com o bicho. Cathy e eu demos boas risadas vendo aqueles meninos mimados. Como os desprezamos! Nem por mil vidas eu trocaria minha posição aqui com a de Edgar Linton na granja! Nem que me deixassem atirar Joseph da mais alta empena de parede ou pintar a entrada da casa com o sangue de Hindley!

— Basta, basta! — interrompi aquelas palavras de ódio. — Você ainda não disse, Heathcliff, por que Catherine não voltou com você.

O rapaz então contou que suas risadas assustaram os Lintons, e eles chamaram um empregado, que soltou um cão atrás dos intrusos. O buldogue prendeu Catherine pelo tornozelo.

— Nelly, juro que tentei salvar minha amiga. Berrei maldições capazes de acabar com todos os demônios da cristandade, mas o cachorro não soltava Cathy. Afinal, o empregado nos descobriu e nos levou à sala. Os Lintons reconheceram Catherine e a trataram muito bem. Mas se horrorizaram com meus modos e meu jeito de falar. O velho sr. Linton ainda me olhou firme e disse: "Oh, esse deve ser o filhote que meu vizinho arranjou em Liverpool". Então voltei a praguejar e me puseram para fora. Não queria ir sem Catherine, mas minha amiga não pediu ajuda... Pela janela, vi quando a puseram no sofá, e uma criada levou água quente para limpar-lhe a perna machucada... Isabella deve ter quase a idade de Cathy, uns onze anos, e lhe ofereceu bolo... e o boboca do Edgar só ficava olhando para minha amiga, de boca aberta. Ah, a presença de Cathy parecia iluminar aquela gente! Ela é infinitamente superior a todos eles... a qualquer pessoa do mundo, não é mesmo, Nelly?

Respondi que aquela história ainda renderia problemas quando o sr. Hindley soubesse do acontecido. E eu nem adivinhava o futuro ao dizer isso, Sr. Lockwood! Quantos problemas estavam por vir!

No dia seguinte, o velho sr. Linton foi até O Morro dos Ventos Uivantes e, de maneira firme, explicou ao patrão o modo correto de dirigir uma família. Criticou a amizade de uma moça educada com um selvagem como Heathcliff e pediu ao sr. Hindley que deixasse Catherine como sua hóspede até o Natal.

Foi o que aconteceu. Cathy ficou na Granja Thrushcross durante cinco semanas e, quando voltou, não estava acertada só no tornozelo: ela toda parecia mudada, uma dama distinta e elegante, com os cabelos castanhos cacheados e o vestido de veludo tão comprido que precisava ser erguido para descer de um magnífico cavalo negro. Era outra pessoa.

Mesmo assim, mal entrou na casa, Cathy procurou Heathcliff.

Sr. Lockwood, durante aquelas cinco semanas, o rapaz pareceu ficar pior ainda, como se isso fosse possível. Ele já era descuidado e desprezado por todos, pois, tirando eu, ninguém tinha a bondade de chamar a atenção para a sua sujeira ou mandá-lo tomar banho. Então, quando Catherine o encontrou, naquele dia de seu retorno, Heathcliff usava a mesma roupa havia três meses, tinha a cabeleira totalmente emaranhada e o rosto e as mãos terrivelmente sujos...

— Venha, Heathcliff — provocou Hindley, quando percebeu o rapaz se escondendo atrás de um banco. — Pode vir, como os outros criados, cumprimentar a sua senhora.

Claro que Hindley sentia muito prazer em mostrar Heathcliff como um garoto acanhado e repugnante. Mas Catherine não se incomodou com a sujeira, abraçou-o e lhe deu sete ou oito beijos rápidos nas bochechas, até que ela começou a rir.

— Heathcliff, que cara zangada... Por acaso se esqueceu de mim? Não quero zombar de você, mas veja... — Ela apontou para os dedos escuros do rapaz que conservava entre os seus e para o belo vestido que usava, com medo de sujá-lo. — Se lavasse o rosto e penteasse o cabelo... Mas você está tão sujo!

— Bastaria que não me tocasse — respondeu ele, puxando a mão. — Gosto de estar sujo e sujo ficarei.

E Heathcliff retirou-se da sala, de cabeça baixa, em meio às risadas dos patrões, deixando Catherine muito perturbada...

No dia seguinte, o menino resolveu pedir minha ajuda. Percebi que ele era sincero em seu desejo de mudar e eu quis confortá-lo.

— Tenho de preparar o jantar, mas vou arrumá-lo, de modo que, Edgar Linton, a seu lado, pareça uma boneca... Na verdade, é esse o jeito dele. Você é mais novo, Heathcliff, porém é mais alto do que ele e tem os ombros duas vezes mais largos. Poderia derrubá-lo num fechar de olhos, não acha?

— Mas, Nelly, nem que eu o derrubasse vinte vezes, isso não o deixaria mais feio nem a mim mais bonito — disse o garoto. — Queria tanto ter cabelos loiros e pele branca, usar roupas finas e um dia ser tão rico como ele vai ser!

— E chorar pela mamãe a toda hora? E tremer diante de qualquer camponesinho que lhe erguer a voz? E ficar trancado em casa o dia inteiro só por causa da chuva? Oh, Heathcliff! Que bobagens está dizendo! Você é um belo rapaz, será um homem tão forte! Mas tem de mudar... Venha para diante do espelho, repare nessas linhas em sua testa, nesse jeito de olhar... Parece um demônio espiando! Tente fazer sumir essas rugas sinistras, não tome o aspecto de um vira-lata desconfiado, que parece merecer os pontapés que recebe e odeia todo mundo, não só os que o maltratam.

— Nelly, em outras palavras, o que você me pede é que eu tenha os olhos azuis e a testa lisa de Edgar Linton! Mesmo que eu deseje isso por cem anos, não vai acontecer.

Então, enquanto eu o penteava e vestia, sr. Lockwood, fui-lhe dando conselhos. Disse-lhe para ser mais franco, mais confiante, sorrir mais... e que um bom coração ajudaria qualquer um a ter um belo rosto, mesmo que fosse um verdadeiro negro. Estávamos nessa tagarelice, quando ouvimos a carruagem no pátio. Eram os Earnshaws que voltavam da missa, junto com Edgar e Isabella Linton.

— Vamos, Heathcliff — falei ao terminar minha tarefa. — Agora junte-se às crianças na sala. Você está um perfeito cavalheiro.

Heathcliff saía sorrindo da cozinha, quando o destino intercedeu contra ele, sr. Lockwood. Do outro lado da porta, surgiu Hindley, e os dois se toparam. Não sei se o patrão vinha de mau humor ou irritou-se ao ver o menino limpo e alegre, o resultado foi que Hindley o empurrou com força e ordenou a Joseph que afastasse Heathcliff da casa, mantendo-o no celeiro até depois do jantar, porque um menino assim grosseiro ainda iria "enfiar os dedos nas tortas para roubar as frutas".

— Não, senhor! — eu me meti na conversa, indignada. — Nada disso, sr. Hindley, posso garantir que Heathcliff vai se comportar bem!

— Nelly, não defenda esse vagabundo! Se eu o encontrar na sala antes do anoitecer, vai ver só como agarro esses graciosos cachos de cabelo e os espicho!

Nessa hora, Edgar, que espiava pela brecha da porta, disse:

— E os cachos são compridos demais, parecem a crina de um potro em cima dos olhos!

Por que Edgar foi se meter onde não era chamado? O gênio violento de Heathcliff estava por um fio e ouvir aquilo do menino, que naquela época já era visto como um rival, foi demais. Então, pegou uma tigela de calda quente de maçãs e atirou-a no rosto de Linton. Imediatamente, Edgar começou a gritar e chorar. Pronto! Era o pretexto que o sr. Hindley precisava para arrastar Heathcliff até o pátio e arrebentá-lo de pancadas, prendendo-o depois no sótão, sem alimento.

Quando ficou sabendo do acontecido, a pequena Cathy procurou acalmar seus convidados, até porque Isabella berrava, querendo voltar para casa. Depois criticou Edgar, que se limpava com um lenço de cambraia:

— Chega, Edgar, não o mataram, pare de chorar. Você não devia ter falado com Heathcliff. Além do mais, foi ele quem levou uma surra do meu irmão, por causa da sua intromissão.

Afinal, o clima se acalmou. Era Natal, e a casa estava cheia. Cathy agiu normalmente, até dançou! Cheguei mesmo a supor que a menina era uma egoísta insensível, tão facilmente se esquecia do antigo companheiro de brincadeiras. Mas não era bem assim... Quando não reparavam nela, a garota mordia os lábios de aflição e disfarçava as lágrimas.

Mais tarde, Cathy pediu minha ajuda para ir ao sótão sem sermos vistas, ajoelhou-se e ficou ali, confortando Heathcliff através das tábuas da porta. Certo momento, afastei-me deles e, quando voltei, vi que a macaquinha, apesar daquelas roupas pesadas, tinha passado por uma clarabóia e estava no sótão, consolando o amigo com palavras ternas, as mais doces que já ouvi nos lábios daquela menina impulsiva...

Finalmente, mesmo contra as ordens do patrão, libertei Heathcliff e o levei à cozinha. Ele não se sentia bem. Fincou os cotovelos nos joelhos e o queixo nas mãos, mergulhando em um silêncio apavorante. Quando perguntei de seus pensamentos, falou com gravidade:

— Nelly, Hindley ainda vai me pagar! Não importa o tempo que terei de esperar, só desejo que ele não morra antes de eu conseguir minha vingança.

— Que vergonha, Heathcliff! — exclamei, mas juro que tive medo de ver o menino daquele jeito. — A Deus cabe punir os maus. Devemos aprender a perdoar.

— Não. Deus não teria a satisfação que eu ainda vou ter, Nelly, com minha vingança.

4
CATHERINE EARNSHAW, HEATHCLIFF E LINTON

TRÊS ANOS SE PASSARAM. A frágil sra. Earnshaw sobreviveu à doença dos pulmões para dar à luz um menino, Hareton, aquele rapaz que o senhor conheceu em O Morro dos Ventos Uivantes. Entretanto, Frances viveu muito pouco depois do parto. Hindley não aceitava a doença da mulher, sr. Lockwood. Ele tinha dois ídolos em seu coração: a esposa e ele mesmo. Quando a pobrezinha faleceu, o homem se desesperou. Entregou-se aos vícios, bebia demais, saía com maus elementos, jogava... Todos os empregados se foram, descontentes com a violência do patrão. Ficamos apenas eu, por piedade do orfãozinho, e Joseph, que tem vocação para permanecer onde a maldade impera.

Quanto a Catherine e Heathcliff? Aos 15 anos, ela era a rainha do lugar. Confesso que eu não gostava mais dela, depois que ficou adolescente. Tornou-se muito arrogante, indomável! Mas continuava afetuosa com Heathcliff, estavam sempre juntos durante as folgas de trabalho do rapaz. Ele é que fugia das demonstrações de ternura dela, Heathcliff parecia finalmente entender que pertenciam a mundos diferentes. Catherine era uma dama, e ele embrutecera de vez. De tanto trabalho puxado, nos campos, ficou assim... meio bicho, encurvado. Tinha perdido o verniz daquela primeira educação e também o jeito de superioridade que tivera na infância, quando era o favorito do velho sr. Earnshaw. Lutou muito para se conservar em pé de igualdade nos estudos com Catherine, mas acabou vencido.

Os maus modos e os vícios do sr. Hindley acabaram por afastar as pessoas honestas de O Morro dos Ventos Uivantes, com exceção dos Lintons. Verdade que o patrão se envaidecia dessas visitas e geralmente se comportava melhor diante deles, então esse pessoal desconhecia o pior lado daquela casa.

Catherine também agia de modo diferente com Edgar... Não que fosse namoradeira ou dissimulada, não fique com má impressão dela, sr. Lockwood. Acredito que era sincera em seus esforços. A moça se dividia: com os seus, era grosseira e exigente; com os Lintons, alegre e cordial. Procurava evitar que seus dois grandes amigos se encontrassem: quando Heathcliff demonstrava desprezo pelos modos de Edgar, taxando-o de fraco, ela nunca concordava inteiramente. Mas, quando Edgar depreciava a insolência e vulgaridade de Heathcliff, Cathy dava a entender que ele era apenas um antigo colega de infância, que a vida transformou num bruto, mas que merecia a indulgência dela. A moça vivia perdida em suas dúvidas e perturbações... Às vezes, ela tentava confessá-las a mim, mas eu a achava mimada demais e zombava de seus sentimentos.

Hoje isso pode lhe parecer falta de caridade, sr. Lockwood, mas já disse, eu a achava orgulhosa e arrogante demais, não sentia compaixão por suas dúvidas.

Até que Catherine me procurou para ser sua conselheira sobre um assunto muito importante e me abriu o coração. Aconteceu num dia estranho, que reservou imensas surpresas.

Naquela tarde, Joseph e o sr. Hindley não estavam em O Morro dos Ventos Uivantes, e Heathcliff folgou do serviço. O rapaz estava pela cozinha, em volta de Catherine, e reparou que a moça parecia nervosa com sua presença. Ela usava uma roupa de passeio, e ele, depois de muitas perguntas, reconheceu que Cathy esperava visitas.

— Os Lintons de novo — disse Heathcliff, amargurado. — Vê aquele calendário, Catherine? Marquei com cruzes as tardes que você dedicou aos Lintons e com pontos as que ficou comigo.

— E daí? Que significa isso? — ela perguntou.

— Significa que eu presto atenção. Queria que você ficasse mais comigo.

Catherine acabou expressando toda sua irritação por meio de críticas:

— O que ganho ficando com você? Que companhia você me faz, que assuntos conhece? Tenho mais vantagens conversando com Hareton, que é um bebê!

— Cathy... você nunca reclamou da minha companhia! — Heathcliff parecia chocado e saiu, muito agitado, quando ouvimos ruídos de cavalo no pátio.

Foi estranho, sr. Lockwood... porque saiu um e entrou o outro; era como se comparássemos a noite e o dia, como se um viajante saísse de uma região isolada, sombria, montanhosa, e fosse para um vale verdejante e limpo. Que contraste! É claro que Catherine percebeu isso e, com muita cordialidade, recebeu Edgar, pedindo que eu me retirasse, pois desejava ficar a sós com ele.

Só que eu havia recebido ordens do sr. Hindley para estar presente nesses encontros. Então me ajoelhei e continuei esfregando o chão.

— Saia, Nelly! — ela exigiu.

Fingi não ouvir e continuei meu trabalho. Nessa hora, acreditando que Edgar não a pudesse ver, a garota aproximou-se de mim por trás, puxou meu esfregão e deu um beliscão em meu braço.

— Oh, menina! Que brincadeira bruta! — exclamei. — Você não pode me beliscar desse jeito. — Mostrei o braço para Linton perceber que não reclamava injustamente.

Catherine ficou vermelha, gaguejou, tentou mentir, mas seu mau gênio estava mesmo sendo posto à prova... Ela acabou por bater o pé, tremeu e, afinal, avançou contra mim, dando-me um tapa no rosto. Linton ficou chocado com a falsidade e a violência de Cathy.

Hareton, que sempre me acompanhava e estava sentado no chão, junto a mim, jogou-se em meu colo, queixando-se "ruim, tia Cathy", quando me viu chorar. Então a cólera da moça voltou-se para ele. Catherine agarrou o nenê pelos ombros e o sacudiu até que empalidecesse. Edgar apavorou-se e, instintivamente, procurou salvar o bebê, puxando-o dos braços dela... Nessa hora, o visitante também recebeu um tapa na cara.

Peguei Hareton no colo e saí da cozinha... mas a porta ficou entreaberta, então acompanhei o desfecho daquela situação.

Edgar, pálido e de lábios trêmulos, dirigiu-se para a porta de saída.

— Aonde vai? — Catherine avançou para ele.

— Você me causou medo e vergonha, aonde acha que vou? Embora!

Então, ela se jogou teatralmente numa cadeira, com os braços cobrindo o rosto e, entre lamentos e gritos, afirmava que ainda iria chorar tanto e tanto que ficaria doente... que nada havia feito de propósito... que iria sofrer a noite inteira por ele...

Linton deu alguns passos pelo pátio e parou. Da janela, eu ainda o incentivei a ir embora, gritando:

— A menina é terrivelmente geniosa e caprichosa, senhor. Mais que qualquer criança mimada. O melhor que faz é ir embora e nunca mais voltar!

Mas ele já estava perdido. Sabe a expressão do gato que tem de ir embora, abandonando um rato semimorto ou um passarinho semidevorado? Era desse jeito que aquele moço delicado olhava a janela. E, de repente, Edgar voltou para a casa e bateu a porta atrás de si. Estava condenado, sr. Lockwood, era o seu destino.

Mais tarde, quando o sr. Hindley chegou, bêbado e furioso, fui avisar os dois. Catherine e Edgar estavam mudados, muito íntimos e carinhosos. O disfarce da amizade havia caído.

A bebedeira do patrão revelava seu lado mais demoníaco e naquele dia não foi diferente. O sr. Edgar Linton partiu a cavalo, e Cathy trancou-se no quarto. Então o homem procurou descontar sua raiva gratuita no filho. Chamou Hareton de cachorrinho desnaturado e ameaçou cortar suas orelhas, como se faz com esses bichos para ficarem mais ferozes...

Claro que eu impedi uma barbaridade dessas e também fui ameaçada. Mas eu já havia descarregado a espingarda do sr. Hindley, porque, nesses momentos de excitação e loucura, ele ameaçava atirar em quem surgisse na frente. Afinal, quando viu que eu não tinha medo dos seus insultos e das suas ameaças, encontrou uma nova garrafa de aguardente e nos expulsou para a cozinha, onde encontrei Heathcliff, silencioso e estirado num banco.

Eu ninava Hareton sentada numa cadeira, quando Catherine se aproximou da lareira. Ela suspirou, tentando achar assunto, mas continuei cantando. Não havia me esquecido de seu péssimo comportamento.

— Sabe onde está Heathcliff? — a jovem perguntou afinal.

Fingi não saber, e o rapaz não me desmentiu. Então, ele ouviu tudo o que Catherine me contou...

Ela começou perguntando se eu saberia guardar um segredo. Ajoelhou-se ao meu lado e ergueu aqueles olhos magníficos, que afastavam o mau humor de qualquer um, mesmo quando havia centenas de motivos para mantê-lo.

— É coisa que valha a pena saber? — indaguei.

— Oh, sim, Nelly! Hoje Edgar Linton me pediu em casamento. O que você acha que devo responder?

— Como posso saber, Catherine? Depois do espetáculo que você aprontou essa tarde, o melhor seria recusar. Mas, se após presenciar aquilo tudo ele ainda foi tolo o suficiente para fazer o pedido, bem que merece sua mão.

— Oh, Nelly! — Ela se levantou, irritada, mas prosseguiu: — Pois bem, eu aceitei. Acha que fiz bem?

— Diga-me, Catherine, você gosta mesmo do sr. Edgar?

— Quem não amaria Edgar? Sim, eu o amo.

— E por quê?

— Porque ele é belo e é muito agradável ficar em sua companhia.

— Só por isso?

— Porque ele é jovem, é alegre, gosta de mim. E será rico. Aí eu terei orgulho de ser a esposa do homem mais importante da região.

— Até agora você só disse tolices, Catherine! Gosta do sr. Edgar porque ele é bonito, jovem, alegre e rico. Mas ele não será assim para sempre. Vai envelhecer, pode ficar feio ou doente, perder a fortuna. Vai continuar amando-o?

— Mas hoje Edgar é belo, rico, alegre, e pronto!

— Então, se é só o momento presente que lhe interessa, case-se com ele e seja feliz. Aliás, deixará muita gente feliz... Seu irmão adora a ideia de ter os Lintons na família, os pais de Edgar parecem não se opor, você trocará uma casa velha por uma mansão vistosa. Tudo parece tão fácil... Onde está o problema?

O rosto de Cathy adquiriu uma expressão tensa e dolorida, tão incomum...

— Aqui e aqui, Nelly! — a jovem respondeu, batendo a mão na testa e no peito. — Na minha alma e no meu coração, acho que faço mal em me casar com Edgar Linton.

— Catherine, que estranho!

— É o meu segredo... Nelly, acredita nos sonhos? Penso que, se estivesse no céu, seria muito infeliz. Sonhei uma vez que estava lá.

Na época, eu tinha um estranho preconceito contra sonhos e me assustei. Quis sair da cozinha, mas a garota continuou:

— No sonho, o céu não parecia minha residência de verdade... Eu chorava e chorava, e os anjos ficaram tão aborrecidos que me lançaram de volta à Terra, caí no meio dos pântanos, no alto de O Morro dos Ventos Uivantes. Aí, sim, acordei chorando de alegria... O que quero dizer, Nelly, é que do mesmo jeito que não me interessava estar no céu, não me interessa casar com Edgar Linton... Se meu irmão não tivesse sido tão perverso com Heathcliff nem o tivesse degradado tanto, eu me casaria com ele. Mas, agora, casar com Heathcliff seria degradar a mim mesma, eu me envergonharia dele. Assim, é melhor aceitar o Linton, e Heathcliff nunca saberá como eu o amo. E não porque ele é belo ou alegre, Nelly, eu amo Heathcliff porque ele é mais eu do que eu mesma. Seja do que forem feitas as almas, as nossas são as mesmas, e a de Edgar é tão diferente da minha como a geada é do fogo.

Eu fiquei de boca aberta, sr. Lockwood, e me voltei para o canto onde Heathcliff tinha se escondido. Ele saía devagar pela porta de serviço, e a srta. Cathy não lhe notara a presença nem a fuga.

— Não quero que Heathcliff saiba dessas coisas, Nelly. Será que ele sabe o que é estar apaixonado?

— Por que não saberia? Cathy, ele será a criatura mais infeliz do mundo quando você se tornar a sra. Linton! Ficará completamente abandonado sobre a Terra.

— Não, não! Veja, Nelly, se você me julga uma egoísta insensível, agora tem o meu motivo maior! Se eu me casar com Heathcliff, seremos dois mendigos, mas, se me casar com Linton, posso arrancar Heathcliff do jugo de meu irmão e ajudá-lo...

— Com o dinheiro de seu marido? Oh, Catherine, esse é o pior dos motivos para se casar com o jovem Linton!

— Não, não, Nelly, entenda... eu *sou* Heathcliff! Ele está sempre, sempre em meu pensamento. Não como um prazer, visto que nem sempre sou prazer para mim mesma, mas como uma necessidade. E, mesmo que eu me vá deste mundo, ele continuará por mim...

Catherine me apavorou com aquela conversa. Disse ainda mais, falou sobre a vida além da morte e comparou seu amor por Linton com a folhagem dos bosques, que mudam com o tempo. Enquanto seu amor por Heathcliff era o rochedo no solo, eternizado, sovado pelos ventos ferozes do lugar, mas sólido e selvagemente resistente.

Nesse momento, Joseph entrou na cozinha, reclamando que não achava Heathcliff em parte alguma de O Morro dos Ventos Uivantes desde que chegara da vila e que um cavalo também desaparecera. Cathy, então, desconfiou de que Heathcliff havia ouvido a conversa delas e, desesperada, saiu pela noite a sua procura.

Se Catherine tivesse encontrado Heathcliff naquela noite, será que o destino deles teria sido diferente, sr. Lockwood? Não sei... não sei que moinho de loucuras andava girando suas pedras naquela casa, mas estava moendo sentimentos maus e terríveis premonições. Tive a sensação de que aquilo era uma espécie de julgamento para todos nós.

Cathy fez Joseph revirar a vila e os campos próximos, mas nada de Heathcliff. Era uma noite muito sombria para um verão. As nuvens pareciam indicar trovoada, e eu sugeri que a tempestade traria Heathcliff de volta para casa. Catherine, então, grudou-se na porteira de O Morro dos Ventos Uivantes em tal estado de agitação que não se incomodava com os trovões que a rondavam. As gotas grossas de chuva começaram a estourar em volta dela, foi quando Cathy se pôs a chorar tão intensamente que superava Hareton ou qualquer outra criança.

Nem a fúria da tempestade a acalmou. Ela só entrou na casa depois da meia-noite. Joseph começou uma longa reza, e a moça se jogou num canto, tiritando. Nenhum deles aceitou meu conselho de que fôssemos dormir. Afinal, eu me recolhi junto com Hareton, que já dormia havia tempos. Quando levantei, de manhã bem cedo, topei com Catherine, sentada perto do fogão. Seu irmão já estava de pé e ficou sabendo da fuga de Heathcliff. Insultou-o.

Pois bem, a menina ardia em febre, mas ainda assim defendeu Heathcliff, quando seu irmão soube do cavalo desaparecido e ameaçou expulsar o rapaz de vez. Catherine afirmou que iria com ele, mas era tarde para essa decisão: Heathcliff já havia partido... Então, o sr. Hindley a mandou para o quarto. Aí, sr. Lockwood, presenciei um dos piores ataques de nervos de uma pessoa. Cathy arrebentou o quarto aos gritos e, tomada por delírios, acabou desmaiando. Chamamos o médico, e ele identificou uma doença gravíssima.

A bondosa sra. Linton levou Catherine para convalescer na Granja Thrushcross, e aquela se revelou uma terrível caridade: os velhos Lintons contraíram a mesma febre de Cathy, e, se a garota escapou, o casal acabou falecendo.

Por ordens médicas, não deveríamos contrariar Catherine, e ela, apesar de mulher feita, parecia uma criança mimada, a ser cuidada em tudo. Não sei se Hindley se sentia culpado pela doença da irmã ou se tinha esperanças de que Edgar ainda se tornasse seu cunhado, mas, quando Catherine voltou para o morro, deu ordens para que ela tivesse todos os desejos satisfeitos.

Edgar Linton estava cego de amor. Julgou-se o mais feliz dos homens quando, três anos após a morte dos pais, conduziu Catherine à igreja e a fez sua esposa.

Por essa época, Hareton estava com cinco anos, e eu lhe ensinava as primeiras letras. Preferia ficar em O Morro dos Ventos Uivantes para cuidar do menino, mas o sr. Hindley foi taxativo: não queria mais saber de mulheres em sua casa. Antes de partir, ainda declarei ao patrão que ele havia afastado todas as pessoas decentes do seu lar, para cair mais depressa em ruína. Beijei Hareton com tristeza e não o vi mais. Hoje, ele é aquele moço estranho... É duro imaginar que tenha se esquecido completamente de mim, Ellen Dean, que lhe valia mais que o mundo todo naquela época!

O sr. Edgar me ofereceu um belo aumento, e acompanhei a nova sra. Linton a seu novo lar, a Granja Thrushcross. Desde então, aqui fiquei...

5
A VOLTA DE HEATHCLIFF

QUE PAGAMENTO RECEBI por esse meu desejo de fugir do convívio social! Estou há quatro semanas preso na cama, doente, com tonturas e febres! Ah, esses ventos glaciais, esse sinistro céu do norte, essas estradas intransitáveis, esses médicos do interior, retardados e ignorantes! O pior é que o dr. Kenneth já me avisou: não terei melhora antes da primavera!

Mas se há alguma vantagem na doença e no recolhimento é receber os bons sentimentos alheios... Não é que o sr. Heathcliff acabou de me agraciar com uma "longa" visita de uma hora? Miserável, não está inocente nesta minha doença, e tive vontade de lhe dizer isso. Mas como poderia ser grosseiro com o homem que se sentou aos pés de minha cama e falou sobre vários assuntos que não fossem pílulas e poções? Posso mais é ser curioso quanto à sua pessoa e chamar Nelly para continuar sua história. Vou tocar a campainha.

Instantes depois, a criada apareceu.

— Então, Nelly, pegue seu tricô e não me deixe ansioso... Você parou no trecho em que Catherine se casou, e ninguém, até então, teve notícias de Heathcliff desde que saíra de O Morro dos Ventos Uivantes feito um cão fugitivo... Conte-me como ele voltou? Pelo visto, ficou rico a ponto de hoje ser proprietário de duas ótimas fazendas... O que ele fez nesse tempo que esteve sumido? Mudou-se para o continente e se transformou em um perfeito cavalheiro? Conseguiu uma bolsa de estudos e formou-se universitário? Entrou para o Exército, alcançou honra e glória na América, matando seus conterrâneos, ou sua fortuna veio mais rápida, pelas estradas aqui mesmo da Inglaterra, saída dos bolsos dos viajantes distraídos?

— Talvez tenha feito um pouco de tudo isso, sr. Lockwood. O que sei é que, quando voltou, ele parecia outro homem. Nada mais daquela grosseria absurda, dos silêncios nervosos, do jeito bruto de falar. Mas posso garantir que, em tempo algum, a selvageria deixou de brilhar no fundo de seus olhos. Nunca.

— E quanto à nova sra. Linton? Catherine se deu bem em Thrushcross? — perguntei.

Nelly continuou sua narrativa...

Para minha surpresa, sr. Lockwood, descobri que Catherine podia ser uma dona de casa melhor do que o esperado. Ela estava feliz em Thrushcross, parecia mesmo amar o marido. Também, o sr. Linton e a irmã Isabella eram dois anjos! Nunca contradiziam Catherine. E quem pode ser rabugento quando não encontra oposição ou indiferença aos seus desejos?

O sr. Edgar chegava ao ponto de se indispor com as criadas se alguém contrariasse Cathy, eu mesma cheguei a ser repreendida depois que fechei a cara diante de uma ordem absurda. Certa vez, o patrão disse que uma facada não lhe traria dor maior do que ver sua mulher irritada. Então, foram meses em que a pólvora se tornou inofensiva como areia, porque nenhum fogo se aproximou dela para fazê-la explodir.

Raramente Catherine tinha momentos de tristeza e melancolia, mas o marido respeitava esses silêncios, achando que ainda eram devidos à doença dela. Diante de tanto mimo e cuidado, Cathy voltava a se alegrar, e posso afirmar que os dois eram mais profundamente felizes a cada dia.

Entretanto, essa felicidade acabou. Era setembro, eu voltava do pomar ao anoitecer, com um cesto de maçãs, e já ia entrando na casa, quando ouvi alguém dizer:

— É você, Nelly? — Era uma voz profunda, de sotaque estrangeiro, mas havia algo de familiar nela. — Há uma hora espero aqui, mas não ousei entrar...

Assustada, tentei enxergar através das sombras, mas nesse momento um raio de luar que despontava no céu bateu em seu rosto... As faces estavam pálidas, semi-ocultas por costeletas negras, as sobrancelhas tombadas, os olhos... Ah, recordei-me imediatamente daqueles olhos.

— Heathcliff!

— Sim, sou Heathcliff... mas você não parece feliz em me ver, Nelly. — Ele se virou para as janelas iluminadas. — Estão em casa? Ela está aí? Fale! Desejo falar com a sua patroa. Diga que um homem da aldeia quer vê-la.

— Como Cathy receberá essa notícia?! — exclamei. — Vai ficar feito louca! Então é você, Heathcliff! O que fez? Parece mudado! Serviu como soldado?

— Ande, mulher! Leve meu recado.

Encontrei o sr. e a sra. Linton na sala, sentados perto da janela, tão suaves e carinhosos, abraçados, contemplando o pôr do sol, que estremeci diante da minha missão, receosa de perturbar tamanha paz... Afinal, cheguei até a patroa e murmurei que um homem viera de Gimmerton e queria lhe falar. Catherine foi atender à porta e, quando voltou, estava transtornada de alegria.

— Ele voltou! — Cathy jogou-se no pescoço do marido, sem fôlego.

— Oh, querido Edgar, Heathcliff voltou! Está aí!

— Está bem — o marido se afastou, contrariado —, não precisa me sufocar por causa disso. Esse moço do arado nunca me deu a impressão de ser assim um tesouro tão maravilhoso... não precisa perder a cabeça desse modo, Catherine!

— Sei que não gosta dele. — Cathy reprimiu um pouco sua alegria.

— Mas, por favor, em atenção a mim, sejam amigos agora. Posso pedir que ele suba?

— Para a sala? A cozinha seria mais adequada a Heathcliff...

Porém, quando Catherine ameaçou o marido, dizendo que pediria a um criado que colocasse uma mesa na sala para que ela e seu convidado tomassem o chá em separado, deixando a mesa grande para Edgar e sua irmã, "os dois nobres da casa", como Cathy falou, o patrão acabou concordando com ela, e eu fui chamar Heathcliff.

Nossa, sr. Lockwood, que efeito teve a entrada de Heathcliff naquela sala! O rosto de Catherine brilhava... ela se adiantou e segurou na mão de seu velho amigo, colocando-a junto à do marido. O sr. Linton também pareceu espantado e até um tanto assustado com a mudança do outro. Heathcliff era agora um homem muito alto, de formas atléticas, e o patrão perto dele parecia mais magro e infantil. Realmente Heathcliff tinha modos de alguém saído do Exército. A expressão e decisão de seu rosto davam-lhe aparência de ser mais velho que Edgar. Sua roupa e gestos eram dignos e severos, nada revelando da grosseria anterior. Mas havia nos olhos um brilho semicivilizado, um fulgor oculto pelas sobrancelhas caídas, mas com ferocidade tal que ele mal dominava.

O patrão soltou a mão do cumprimento e permaneceu calado por um minuto, como se estivesse em dúvida sobre a maneira certa de se dirigir àquele que pouco antes chamara de "moço do arado". Heathcliff esperou, olhando-o friamente, até que o patrão decidiu falar:

— Queira sentar-se, senhor. Minha mulher, relembrando os velhos tempos, deseja que eu lhe dê boa acolhida. Então, em consideração a ela, eu o recebo.

— Obrigado. Ficarei por uma hora ou duas.

Heathcliff sentou-se diante de Catherine e se deixou admirar por ela. A moça mantinha o olhar fixo nele, como se assustada com a ideia de vê-lo desaparecer. Estavam tão absorvidos pela mútua alegria que nem ficavam embaraçados. Claro que o mesmo não acontecia com o sr. Edgar... Ele estava lívido de raiva e quase gritou quando viu a esposa se levantar e, caminhando pelo tapete, agarrar de novo a mão de Heathcliff, rindo como uma tola.

— Amanhã vou pensar que sonhei — disse ela. — Não acreditarei que o vi, que o toquei, que falei com você... Mas fique sabendo que não merece essa acolhida, Heathcliff. Sumiu por três anos, não mandou notícias, nem sequer pensou em mim!

— Talvez eu tenha pensado um pouco mais do que você pensou em mim — murmurou ele. — Soube do seu casamento, Cathy, e juro que, enquanto esperava lá embaixo, elaborei seriamente um plano: entrar apenas para ver o seu rosto, depois ajustar minhas contas com Hindley e, em seguida, para evitar que a lei o fizesse, punir a mim mesmo com a morte. Mas a sua alegria sincera me fez mudar de ideia... Sentiu mesmo a minha falta? Ah, Catherine, travei lutas terríveis na vida desde que deixei de ouvir a sua voz. Deve me perdoar, porque lutei somente por você! Espero que não me expulse mais...

— O chá está servido — Edgar Linton interrompeu a conversa intensa, conservando a polidez e a calma a um custo terrível. — E creio que o sr. Heathcliff vai nos fazer outras visitas, Catherine, depois que se instalar na vila.

— Não ficarei na vila — disse Heathcliff, servindo-se do chá. — Sou hóspede em O Morro dos Ventos Uivantes. Hindley me convidou quando lhe fiz uma visita hoje de manhã.

Como isso era possível? Pensei ter ficado surda, sr. Lockwood. Heathcliff, hóspede do homem que mais odiava no mundo? Que plano diabólico ele estaria tramando?

Mais tarde, consegui conversar a sós com Catherine e perguntei se ela não temia a convivência entre Heathcliff e seu irmão. A danadinha riu... disse não recear pela moral do amigo e o irmão já era tão viciado e grotesco que nada o tornaria pior. Além disso, Hindley vivia atolado em dívidas de jogo, e Heathcliff explicara a Cathy que havia proposto um régio aluguel para se instalar em O Morro dos Ventos Uivantes... Cobiça, sr. Lockwood, foi o que motivou Hindley a aceitar um hóspede tão inadequado.

Critiquei, então, o comportamento de Catherine momentos antes, ao elogiar Heathcliff diante do sr. Edgar, de maneira tão declarada:

— Quando crianças, eles não se gostavam, Catherine. O sr. Heathcliff também não suportaria que você elogiasse o sr. Edgar diante dele. É natural nos homens. Não faça mais isso, patroa, se não quiser provocar um conflito.

— Mas esse comportamento não é prova de grande fraqueza, Nelly? Só porque pronunciei algumas frases de elogio a Heathcliff, Edgar, por uma dor de cabeça ou um acesso de inveja, começou a chorar. Não sou invejosa. Nunca fiquei magoada por causa do cabelo loiro de Isabella ou da brancura da sua pele, da sua elegância rebuscada ou porque todos aqui a preferem. Não sou assim. E olhe que até você, Nelly, e não me contrarie, prefere Isabella a mim. Mas eu continuo a tratar Isabella bem... Edgar tem prazer em nos ver amigas, e eu concordo. Mas como eles se parecem, Nelly! São crianças mimadas, pensam que o mundo foi feito para sua comodidade. Talvez até merecessem algum castigo, mas não. Eu sempre os trato com benevolência. Sou um anjo!

— Não, senhora! — atrevi-me a contestar a patroa. — É exatamente o contrário, Catherine, são eles que a tratam com indulgência, fazendo todos os seus gostos.

— E é por isso que amo tanto Edgar.

— Espero que sim. Ah, patroa, espero do fundo do coração que retribua o amor do sr. Edgar e entenda que não é por fraqueza que ele cede a seus desejos mas por amor.

— Ah, sim... — disse Catherine, rindo. — Tenho muita fé no amor de meu marido e acredito que, se eu quisesse matá-lo, ele não se oporia. Mas o que quero mesmo, Nelly, é que ele e Heathcliff sejam amigos... que ele, como o primeiro cavalheiro da região, demonstre sua amizade e consideração por Heathcliff, que está tão mudado... E desejo também viver em paz com Edgar!

Realmente, aquela moça rebelde revelou tamanha doçura e vivacidade nos dias seguintes que apaziguou qualquer rabugice do marido. Ele até concordou em que Catherine levasse Isabella até O Morro dos Ventos Uivantes para uma visita! Assim, Thrushcross se tornou um paraíso.

6
NOVAS TEMPESTADES

HEATHCLIFF, OU MELHOR, o sr. Heathcliff, como devo chamá-lo agora, também se comportou adequadamente. Usava com cautela a permissão de frequentar a granja, parecia avaliar até que ponto o dono da casa suportaria sua intromissão. Catherine, por sua vez, moderava suas expressões de prazer ao receber as visitas do amigo, e o tempo passou.

Mas havia nova tempestade se formando em torno de nós, sr. Lockwood. E, dessa vez, a fonte de perturbações não era Catherine nem os dois homens da sua vida, e sim Isabella, a jovem irmã do sr. Linton.

Isabella era encantadora aos 18 anos. Tinha uma inteligência aguda, mas maneiras infantis e um espírito romântico, impressionável. Quando irritada ou contrariada, tornava-se teimosa e reagia de maneira muito desagradável.

Nós todos já havíamos notado que Isabella ultimamente andava impaciente e que alguma coisa a estava consumindo. Houve uma tarde em que ela ficou particularmente ranzinza. Reclamava de maus-tratos da criadagem, que a comida estava insossa, que todos a desconsideravam... Enfim, Catherine lhe perguntou por que se sentia tão infeliz.

— Por sua causa — respondeu a moça.

— Mas o que fiz para lhe desagradar tanto, Isabella?

— Ontem, quando passeava com Heathcliff pelos campos, você não me deixou ficar por perto, nem que ouvisse a conversa — reclamou a cunhada.

— Mas ninguém sugeriu que a sua presença fosse indesejável, Isabella. — Catherine riu. — Por mim, tanto fazia você ficar ou sair, apenas imaginei que nossa conversa em nada a divertisse.

— Oh, não! — A moça chorava. — Você é má. Queria me afastar porque percebeu quanto eu desejava ficar ali.

— Ela perdeu o juízo? — Catherine se dirigiu a mim. — Será que tenho de repetir palavra por palavra a minha conversa com Heathcliff, para que diga o que havia nela que tanto desejava ouvir?

— Não me refiro à conversa... — gemeu Isabella. — Você estava com ciúme de que Heathcliff gostasse mais de mim.

— Macaquinha impertinente! — exclamou Catherine, surpresa.
— Você quer a admiração de Heathcliff? Você o considera uma criatura agradável? Espero não ter entendido o que disse, Isabella.

— É isso mesmo! — A moça estava transtornada. — Eu o amo mais do que você ama Edgar. E, se você o deixasse mais vezes sozinho junto de mim, ele também poderia me amar!

— Nesse caso, nem por um reino eu trocaria meu lugar com o seu.
— Catherine era enfática e parecia falar com sinceridade. — Nelly, ajude-me a convencê-la de sua loucura. Diga-lhe quem é Heathcliff: é um enjeitado, sem educação nem refinamento. Não fique imaginando que ele esconde gestos de bondade e carinho sob um exterior rude, Isabella. Ele não é um diamante bruto, é uma ostra áspera que não contém pérola. É um homem feroz, implacável, um lobo. Ele a esmagaria como um ovo de pardal se você se tornasse um peso na vida dele. Eis o retrato que faço do homem, e olhe que sou amiga de Heathcliff!

A jovem Linton olhou para Catherine com tamanha revolta que a patroa saiu da sala. Resolvi dar minha opinião sincera:

— Srta. Isabella, Heathcliff é uma ave de mau agouro, não é um companheiro que lhe convenha. A sra. Linton está com a razão. Ela conhece bem o coração dele e não o pintou pior do que ele realmente é. As pessoas de bem não escondem suas emoções. Que vida ele levou, como enriqueceu? Por que mora em O Morro dos Ventos Uivantes, na casa de um homem que detesta? Dizem que o sr. Earnshaw está pior ainda, depois que Heathcliff foi morar lá. É só cachaça e jogatina da hora que acorda até desmaiar de bebedeira... e o sr. Heathcliff empresta-lhe dinheiro, participa desses jogos e ridiculariza o antigo patrão diante daquela gente mais vagabunda que frequenta a casa... É com tal gente que a senhorita deseja morar?

— Oh, deixe-me, Nelly, deixe-me... Você também não quer a minha felicidade!

Aquela mocinha teimosa não ouviu a voz da razão nem do orgulho!

No dia seguinte, o patrão saiu para resolver alguns negócios sem saber daquela conversa nem do clima de desarmonia em seu lar. À tarde, estávamos as três na biblioteca, e vi, pela janela, quando Heathcliff chegava. Catherine também o viu; então notei o sorriso maldoso que surgiu nos lábios dela, mas ficou quieta. Isabella segurava um livro nas mãos e fingia ler perto da lareira. Só se mexeu quando a porta abriu e era tarde demais para escapar.

— Ora, que bom! — A patroa alegremente puxou uma cadeira próxima à lareira e a indicou a Heathcliff. — Eis aqui duas mulheres emburradas necessitando de uma terceira pessoa para quebrar o gelo entre ambas. Você é justamente a que escolheríamos para isso, Heathcliff! Tenho orgulho de lhe mostrar alguém que gosta de você mais ainda do que eu. Acho que vai se sentir lisonjeado... mas não olhe para Nelly, não é ela. A minha pobre cunhada está com o coração quase arrebentando só de olhar para a sua beleza física e moral. Basta querer, que você será cunhado de Edgar! Não, Isabella, não precisa fugir!

Nesse momento, Catherine segurou no braço da cunhada, que havia se levantado, envergonhada e cheia de indignação, e continuou seu relato, fingindo jovialidade:

— Brigamos ontem por sua causa, Heathcliff, e confesso minha derrota diante de tanto devotamento e admiração. A minha rival, como ela mesma se denomina, disse que, se eu tivesse o bom senso de me pôr de lado, poderia conquistar seu coração, flechando-o com tal força que você lançaria minha imagem no total esquecimento!

— Catherine! Não desfigure a verdade... — Isabella reuniu os farrapos de sua dignidade e coragem e se dirigiu a Heathcliff. — Por favor, sr. Heathcliff, diga a sua amiga que não somos íntimos e que aquilo que para ela pode ser uma brincadeira para mim é uma humilhação.

O visitante nada falou, apenas se sentou, confortável e pensativo. Isabella voltou-se para a cunhada e implorou que a soltasse.

— Não! — Catherine a agarrou mais fortemente. — Vai ficar aqui, sim, Isabella... Não reclamou tanto, ontem, de eu a ter privado da divertida companhia de Heathcliff? Pois fique. Pensei que ele lhe agradasse.

— Isso deve ter sido ontem, Cathy, porque hoje sua cunhada deseja mesmo é ficar livre de minha presença — disse ele.

Heathcliff olhou fixamente para o objeto da discussão, como se examinasse um animal estranho e repelente, uma... centopeia das Índias, por exemplo. Pobre srta. Isabella! Não podia suportar mais aquilo, seus olhos se encheram de lágrimas, e lutava para escapar, mas em vão! Conforme se livrava de um dos dedos cravados em seu braço, outro se fechava sobre ele. Desesperada, começou a fazer uso das unhas, e logo semicírculos vermelhos marcavam a mão de sua carrasca.

— Que tigre! — exclamou Catherine, afinal largando a presa, com um gesto de desdém. — Pelo amor de Deus, vá embora, esconda essa cara de choro! Que loucura mostrar as garras perante o... amor da sua vida! Repare bem, Heathcliff, cuidado... essa ferinha bem pode lhe arrancar os olhos!

— Eu lhe arrancaria as unhas dos dedos, isso, sim, se ela um dia voltasse as garras contra mim — respondeu ele brutalmente, mal a porta bateu atrás de Isabella. — Que ideia a sua, Cathy, irritar de tal maneira aquela criatura! Não falava a verdade, falava?

— Garanto que sim — disse ela. — Há semanas que Isabella morre de amor por você. Hoje eu apenas quis punir a insolência dela... gosto muito da minha cunhada, Heathcliff, para permitir que se apodere de Isabella e a devore.

— E eu me irrito tanto com essa moça que era bem capaz de fazer isso mesmo! — Heathcliff riu com maldade. — Se fosse viver com aquela cara de cera por muito tempo, acho que me tornaria um vampiro. Ou um pintor! A cada dois dias, pelo menos, pintaria seus olhos azuis de roxo... eles se parecem detestavelmente com os olhos de Linton.

— Oh, Heathcliff! São olhos de anjo!

— Ela é a herdeira do irmão, não é verdade? — Heathcliff mudou repentinamente de assunto e agora não parecia brincar.

— Lamento dizer que sim, caro amigo, mas também garanto que meia dúzia de sobrinhos irão afastá-la completamente da herança. Heathcliff, deixe de ser um pecador! Não sabe que a cobiça é um pecado capital? Pare de desejar os bens do próximo. E lembre-se: esse próximo sou eu.

— Se esses bens fossem meus, também seriam seus, Cathy... Mas você está certa. Isabella Linton pode parecer tola, porém não é nenhuma louca. Deixemos esse assunto de lado.

Sim, sr. Lockwood, eles deixaram o assunto de lado... e creio que Catherine não se preocupou mais com isso, certa de que a humilhação diante de Heathcliff havia curado os delírios românticos da cunhada. Mas Heathcliff havia enfiado aquela ideia na cabeça... Reparei num sorriso, melhor dizendo, num caretear maldoso, quando ele encarou a srta. Linton naquela noite, horas depois.

Então resolvi vigiá-lo. Gostava muito do patrão para desejar o seu mal ou o de sua família, e nunca confiei em Heathcliff. As visitas dele tornaram-se, dali por diante, um pesadelo para mim. A presença de Heathcliff me causava uma angústia indescritível, sr. Lockwood, uma opressão inexplicável, como se uma fera malfazeja rondasse o rebanho de ovelhas, prestes a atacar e matar.

Fiz bem em desconfiar de Heathcliff. Três dias depois dessa conversa áspera, eu o flagrei com Isabella no pátio. Pela janela da casa, percebi Heathcliff, que geralmente tratava a jovem com descaso, aproximar-se dela. Conversaram longamente; depois passou a mão pelo braço de Isabella e, de súbito, beijou-a! A moça aceitou o beijo. Não contive minha indignação:

— Patife! — exclamei. — Depois de dizer quanto odiava a pobre moça...

— O que foi, Nelly? — Catherine me ouviu e chegou-se à janela.

— Veja seu amigo. — Apontei Heathcliff, que nos viu e dispensou Isabella.

Depois, calmamente, o safado entrou na casa. Contei a Catherine o que havia visto. A patroa pediu que me calasse e recebeu o amigo aos gritos:

— O que deu em você? Heathcliff, já pedi que deixasse Isabella em paz!

— O que tem com isso? Se ela permite que eu a beije, você não pode se opor. Não sou seu marido, Cathy. Não precisa ter ciúme de mim!

— Não tenho ciúme de você, Heathcliff! Desmanche essa cara feia. Se gosta mesmo de Isabella, case-se com ela!

— Seu marido aprovaria esse casamento?

— O sr. Linton aprovaria, sim — Catherine respondeu com determinação. — Eu o convenceria a aceitar.

— Não preciso do consentimento dele nem de ninguém! — Heathcliff exclamou com ódio. — Oh, Catherine, você me tratou de uma maneira infernal... e, se pensa que com palavras doces pode me consolar, está enganada. Vou me vingar... não em você, esse não é meu plano. O tirano oprime seus escravos, mas estes não se vingam no patrão... eles esmagam aqueles que estão sob seus próprios pés.

— O que está dizendo, Heathcliff? — A patroa parecia estupefata. — Que novidade é essa no seu caráter?

— Catherine, para se divertir, você pode me torturar até a morte, mas permita que eu também me divirta um pouco do mesmo jeito.

Os dois se calaram quando ouviram a voz do sr. Linton no andar de cima. Deixei-os na cozinha, mudos e furiosos, e fui atender o patrão.

78 | O MORRO DOS VENTOS UIVANTES

— Nelly, o que houve? Onde está Catherine?

Achei meu dever contar tudo que sabia, sr. Lockwood. Não eram coisas que comprometessem a patroa; na verdade, mais esclareciam o caráter cínico de Heathcliff e a leviandade de Isabella. Quando terminei meu relato, o sr. Edgar estava indignado. Mandou-me avisar dois criados, para que se armassem, e me acompanhou à cozinha.

À porta, ouvimos o ruído de furiosa discussão. Quando entramos, Heathcliff fazia um gesto imperioso a Catherine, para que se calasse, e ela lhe obedeceu. Acho que isso enfureceu ainda mais o patrão, que se dirigiu para a esposa:

— Como permite que esse homem a trate dessa maneira? Se você está acostumada a esse tipo de insolência, eu não admito tal ofensa sob meu teto!

— Estava ouvindo atrás da porta, Edgar? — Catherine voltou sua fúria para o marido. — É bem do feitio de um covarde fazer isso...

Heathcliff adorou a frase e gargalhou. Sua risada atraiu o ódio do patrão, que, tentando manter uma postura digna, falou:

— Senhor, até hoje tenho sido indulgente, mas basta! Não ignoro seu caráter miserável e degenerado, mas cometi a loucura de consentir que Catherine o recebesse em consideração a uma amizade de infância. Errei e me arrependo muito. Ponha-se daqui para fora já!

Heathcliff mediu o interlocutor com um olhar cheio de desdém.

— Cathy, seu cordeirinho faz ameaças como um touro! Por Deus, sr. Linton, eu me desespero pelo fato de o senhor não ser digno sequer de que eu o atire ao chão!

O patrão me fez um gesto para chamar os homens, mas Catherine suspeitou de alguma coisa e trancou a porta à chave. Então, ela disse para o marido:

— Se você não tem coragem de atacar Heathcliff, Edgar, peça desculpa ou se reconheça derrotado. Há muito que tento ser compreensiva com vocês dois... com a natureza fraca de um e com a ruindade do outro! E o que recebo? Só ingratidão! Edgar, estive sempre defendendo você e os seus. Agora basta. Seria bem feito se Heathcliff o arrebentasse de pancadas por ter ousado pensar mal de mim!

Não foi necessária pancada alguma. As palavras da esposa foram suficientes para produzir um efeito devastador no patrão. Então, ele tentou arrancar a chave da mão de Catherine, que a jogou no fogo. Nisso o sr.

Edgar foi tomado por um tremor nervoso e, humilhado, atirou-se numa cadeira, cobrindo o rosto.

— Ah, Cathy, parabéns por seu bom gosto. — Heathcliff se sentia vingado. — E foi esse babão, cheio de tremeliques, que você preferiu a mim! Não quero nem sequer bater nele com meus punhos, gostaria imensamente de lhe meter os pés. Está chorando ou vai desmaiar de medo?

Heathcliff sacudiu a cadeira do sr. Linton, mas seria melhor ter ficado longe. O sr. Edgar saltou subitamente sobre ele, com fúria, e seu golpe teria derrubado um homem mais fraco. Depois, correu na direção da porta de trás, para chamar os criados.

— Deixe-me pegá-lo, Catherine! — exclamou Heathcliff, quando sua amiga o impediu de seguir o sr. Edgar. — Se não o derrubar agora, ainda irei matá-lo de outra vez...

Foi uma balbúrdia incrível... o patrão e três empregados, armados, chegavam pelo pátio... Catherine exigiu que Heathcliff fosse embora, porque temia pela vida do marido. Heathcliff acabou cedendo. Agarrou o atiçador de fogo, arrebentou a fechadura interna e escapou antes que os outros entrassem.

A patroa, muito agitada, ordenou que eu a acompanhasse até o quarto. Ela ignorava minha participação na história e queria que fosse sua confidente.

— Vou perder o juízo, Nelly! — gritou ela, caindo num sofá. — Há milhares de ferreiros batendo em minha cabeça... não chame ninguém... muito menos Isabella. Foi por causa dessa desmiolada que tudo aconteceu. Nem avise Edgar. Não quero vê-lo. Se ele não tivesse se metido na conversa, eu acabaria convencendo Heathcliff a desistir de Isabella. Ah, Nelly! Estamos todos separados... se não posso conservar a amizade de Heathcliff... se Edgar insiste em ser vil e ciumento, é melhor rasgar o coração de ambos, rasgando o meu...

Confesso, sr. Lockwood, que não tive lá muita piedade. Toda aquela dor e aquele desespero me pareceram mais uma farsa de Catherine. E, quando me pediu que a ajudasse a "fazer medo" ao marido, para que este não a repreendesse pelo ocorrido, porque ela poderia ter um "ataque de fúria", ah, achei que era cinismo demais, alguém planejar, assim, um jeito de tirar vantagem do seu desequilíbrio emocional. Então, quando o patrão entrou no quarto, não o avisei do nervosismo da esposa.

Que cena, sr. Lockwood, que cena, fez Catherine! Mal o sr. Edgar começou, tristemente, a lhe pedir satisfações, ela exigiu ficar sozinha. Aos berros, batia a cabeça no braço do sofá, rilhava os dentes... era de esgotar a paciência de um santo! E, quando finalmente nós a deixamos sozinha, ela assim se manteve, sem aceitar comida alguma, por uns dois dias.

No terceiro dia, Catherine destrancou a porta do quarto e pediu que trocássemos a garrafa de água. Aceitou também um pouco de papa, sempre se achando moribunda.

— Oh, vou morrer, e ninguém se interessa por mim — murmurava. — Não, não devo morrer... ele ficará satisfeito... ele não me ama de verdade... não sentirá falta de mim. Onde está agora aquela criatura insensível?

— Se é do sr. Linton que pergunta, senhora — falei friamente —, ele vai indo razoavelmente bem, muito ocupado com os estudos. Está entre seus livros, já que não lhe resta outra companhia.

O estado de ânimo de Catherine passou do desalento à vergonha, e ela se calou. Em certo momento, começou a desmanchar os travesseiros, tirando-lhes as penas, enquanto falava:

— Esta é de peru. Esta de pato selvagem, esta de pombo. Ah, por isso não morri, Nelly! Eles põem penas de pombos nos travesseiros... Aqui está uma pena de pavoncino. Eu a reconheceria entre mil. Que bela ave! Voa pelos pântanos de O Morro dos Ventos Uivantes. O Morro dos Ventos Uivantes... tenho saudade da minha casa... Esta pena nós a apanhamos lá, nos pântanos... Heathcliff pôs uma armadilha no ninho, e os pais não voltaram, os filhotes morreram... Obriguei-o a nunca mais matar um pavoncino. Será que ele me desobedeceu? Há penas vermelhas entre elas, os pavoncinos estão mortos, todos mortos...

Ela delirava.

— Oh, senhora! — Penas voavam por todos os lados, quando tentei arrumar a cama. — Deite-se, tente dormir.

— Por um instante, pensei que estava em casa de novo... em O Morro dos Ventos Uivantes. Queria estar lá de novo, Nelly. Fique comigo, tenho medo dos meus sonhos.

Não havia palavras de conforto para a doente, sr. Lockwood. A natureza do mal que afligia Catherine era intensa e rápida. Pouco tempo depois, num instante em que me distraí, ela saiu da cama e abriu a janela. Tinha enlouquecido? Fazia um frio terrível! A rajada furiosa e gélida de vento entrou pelo quarto. E a patroa encarava a noite e sorria.

— Posso ver as luzes! Nelly, ali, está vendo? É O Morro dos Ventos Uivantes. Olhe, há uma vela acesa em meu quarto. O de Joseph também está iluminado, deve estar à minha espera... Vai esperar muito, o caminho é longo... tenho de passar pelo cemitério da vila! O cemitério... tantas vezes, eu e Heathcliff nos encostamos às sepulturas e desafiamos os fantasmas a aparecer... Ah, Heathcliff, se eu o desafiar agora, você terá coragem? Não posso repousar ali sozinha. Não terei repouso se você não ficar comigo. Nunca, nunca!

Tentei puxá-la para a cama, mas a loucura e a febre lhe davam uma força sobrenatural. Um estranho sorriso surgiu em seus lábios:

— Ele está pensando... preferia que fosse me encontrar com ele. Procure um caminho então! Mas não pelo cemitério.

O sr. Linton entrou no quarto. Quando percebeu o estado da mulher, ficou alucinado.

— Nelly! Por que não me avisou de que ela estava tão mal?

— Sr. Edgar, ela piorou de um momento para o outro! Abriu a janela sozinha, e eu não posso segurá-la. Tive medo de que caísse.

— Peça ajuda, Nelly, rápido! Chame o médico.

Então eu o deixei com a esposa, totalmente perdida em delírios e frases sobre morte e desespero... e fui cumprir minha obrigação. Mas aquela noite amaldiçoada ainda guardava mais desalentos, sr. Lockwood. Procurei a srta. Isabella pela casa e descobri que não estava na Granja Thrushcross. O médico chegou, algumas pessoas da vila também... Então, descobrimos que Isabella havia sido vista fugindo com Heathcliff.

7
ACONTECIMENTOS TURBULENTOS

NAS SEMANAS SEGUINTES, como minha enfermidade era longa, Nelly prosseguiu seu relato, que transcrevo aqui, o mais próximo de seu jeito de narrar.

— Sr. Lockwood, tomei a liberdade de trazer uma carta — disse a criada certo dia. — Se o senhor quiser ler... é de Isabella. Tenho-a comigo como uma relíquia, acredito que as coisas dos mortos são preciosas, se eles nos eram caros em vida. Eu a recebi uns dois meses depois do casamento dela com Heathcliff.

Então, com a autorização da sra. Dean, li a carta. Que estranha correspondência de uma recém-casada! Só lamentos e tristezas. Isabella dizia-se arrependida do seu ato assim que transpôs a soleira da Granja Thrushcross com o futuro marido. Tomara conhecimento da doença de Catherine e torcia para que sua fuga não tivesse contribuído para tal infortúnio. Em certo trecho, referiu-se assim ao marido:

Heathcliff é uma criatura humana? Se for, será louco? E, se não, será um demônio? Ele é engenhoso e incansável quando se trata de conseguir minha aversão! Afirmo que um tigre ou uma serpente venenosa não me despertaria terror igual ao que me causa a presença dele. Contou-me da doença de Catherine e acusou meu irmão de ser o responsável por isso. Prometeu que me faria sofrer no lugar de Edgar.

Depois, a missiva descrevia o modo de vida que levava na convivência com Heathcliff em O Morro dos Ventos Uivantes. Em princípio, acreditara que, na propriedade, teria conforto e solidariedade. Que nada! Joseph a desprezava e não colaborava com ela; se quisesse comida ou conforto, tinha de contar só consigo mesma, não dispunha de criadas. O menino, Hareton, era uma criatura andrajosa que só sabia xingar e praguejar, desprezava o próprio pai e admirava Heathcliff pelas humilhações impostas a Hindley, do mesmo modo que este fazia com ele... Quanto a Hindley, que desleixo! Aqui transcrevo outro trecho, no qual ela fala das condições em que se encontrava o irmão de Catherine:

[...]um homem alto e magro, sem gravata e extremamente sujo. Suas feições se perdiam em massas de cabelos arrepiados que caíam pelos ombros, e os olhos se assemelhavam a um fantasma de Catherine, cuja beleza tivesse sido toda destruída... Oh, Nelly, você havia me falado dos hábitos de seu antigo patrão. Ele evidentemente está perto de ficar louco. Anda armado pela casa, delira e pragueja todo o tempo... avisou-me para trancar bem a porta do quarto, porque não sabe até quando se impede de atirar em Heathcliff e azar o meu, se for atingida... Disse também que não expulsa o intruso de O Morro dos Ventos Uivantes porque não quer que Hareton seja um mendigo, espera reaver todo o dinheiro que deve para Heathcliff...

E a carta daquela infeliz terminava assim:

Heathcliff! Eu o odeio... sou uma desgraçada... fui uma louca! Por favor, Nelly, nada fale sobre isso na granja. Espero por você, preciso falar com você. Venha, por piedade!

Isabella

— E você foi, Nelly? — perguntei, devolvendo o papel. — Você visitou Isabella em O Morro dos Ventos Uivantes?

— Ah, fui, sr. Lockwood... mas sem muitas esperanças de melhorar o destino dela.

Contei ao patrão sobre a carta de Isabella, mas o sr. Linton disse que a irmã havia morrido para ele. Esperava manter total distância entre a sua família e a de Heathcliff. Mas não me impediu de agir como eu bem quisesse. Então, pus-me a caminho do morro.

Que desolação no lugar outrora tão bonito, sr. Lockwood! Entrei na casa sem bater e encontrei uma sala suja e empoeirada. E o desleixo do lugar parecia também ter contaminado Isabella: a moça me recebeu com um vestido amarrotado, como se não fosse trocado havia dias; os cabelos despenteados; o rosto pálido e descuidado.

Heathcliff estava conferindo uns papéis à mesa e me tratou muito bem. Parecia satisfeito com a desordem a seu redor. Um estranho que ali chegasse, sr. Lockwood, tomaria aquele patife por um lorde de sangue, forte e bem ajeitado, e, por uma criada relaxada, a sua esposa.

A pobrezinha da Isabella me fez um sinal, acreditava que eu lhe trazia alguma mensagem de esperança por parte do irmão. Heathcliff percebeu nossos gestos e interferiu:

— Se trouxe algo para Isabella, Nelly, mostre para mim também. Não deve haver segredos entre um casal apaixonado, não é mesmo, querida?

Tive de esclarecer que eu havia ido de mãos abanando. Heathcliff, então, dispensou a esposa e quis que eu lhe falasse de Catherine.

— A patroa agora é outra mulher, sr. Heathcliff. Sua vida está salva, mas nunca mais será como antes. Por piedade, em nome do que vocês foram um para o outro, afaste-se dela. Catherine acabará por esquecer o senhor e...

— Acredita mesmo nisso, Nelly? — perguntou Heathcliff, com selvageria. — Cathy, esquecer-se de mim? Para cada pensamento que ela concede a Linton, há mil concedidos a mim! Mesmo que aquele ser franzino a amasse com todas as suas forças, não a amaria em oitenta anos tanto quanto eu a amo em um dia! Você tem de me ajudar a vê-la.

— Não posso, sr. Heathcliff! Por piedade, deixe Catherine em paz.

— Paz, que paz? Nunca terei paz neste mundo, Nelly. Leve uma carta minha a ela. Quero vê-la. Quero ouvir dos lábios de Catherine o motivo de sua doença. E, se ela me afastar, se ela pedir que eu vá embora e disser que é feliz com o seu carneirinho, juro que nunca mais incomodarei nenhum dos dois. Mas tenho de ouvir isso dos lábios dela...

Claro que me senti uma traidora, sr. Lockwood, agindo às costas do patrão, mas acreditei firmemente que era para o bem de Catherine. Então, esperei três dias, até que o sr. Edgar foi à igreja.

A patroa estava mudada, nisso não menti para Heathcliff. Seus longos cabelos haviam sido cortados no início da doença, o ardor de seus olhos fora substituído por uma suavidade sonhadora e melancólica. Tinha uma beleza sobrenatural, essa era a verdade. Ela se reclinava na janela, e, quando lhe falei da carta e a deixei em suas mãos, foi com muito custo que Catherine pareceu retornar a nosso mundo, lembrar-se de quem era e de onde estava.

— Heathcliff...? Ele está aí, Nelly?

Antes que eu pudesse responder, percebemos a mudança de atitude do cão, que estava no quintal: ele rosnou para umas moitas e depois abanou o rabo, ao reconhecer o homem que se aproximava. Catherine olhava com violenta avidez para a entrada do quarto. Ouvimos passos. A porta se abriu...

E logo os dois estavam nos braços um do outro.

Heathcliff não disse uma palavra durante uns cinco minutos, cobriu-a furiosamente de beijos, como nunca os dera ou dará novamente em toda sua vida, creio eu. Mas percebi que havia sido ela quem primeiro beijara o visitante.

— Oh, Cathy! Oh, minha vida! Como poderei suportar isso? — gritou Heathcliff, não ocultando seu desespero. Ele sabia que sua amada estava condenada.

— Você e Edgar partiram o meu coração, Heathcliff — disse Catherine, caindo numa cadeira, com o rosto sombrio. — Como está robusto!

Quantos anos pretende ainda viver depois que eu for embora? Vai me esquecer? Bem poderá dizer daqui a vinte anos: "Este túmulo? Ah, é de Catherine. Eu a amei faz tempo, depois amei tantas outras...". Não é o que dirá, Heathcliff?

— Por que me tortura assim, Cathy? — Ele apertou a cabeça no colo de Catherine, rilhando os dentes. — Não sabe que qualquer palavra sua vai ficar em brasa na minha alma? Você mente quando diz que eu a matei, Cathy! Não basta ao seu egoísmo diabólico saber que, enquanto você descansar em paz, vou me revirar no inferno, longe de você?

Era uma cena terrível vê-los sofrendo dessa maneira, mesmo para mim, que conhecia a história dos dois.

— Eu não descansarei em paz — gemeu Catherine. — Só queria ficar do seu lado para sempre... Você nunca me fez mal, Heathcliff. Não guarde rancor de mim.

Heathcliff se afastou dela, com o rosto lívido de emoção. Então Catherine tentou se erguer para ir junto dele, e, por um instante, os dois ficaram separados, trementes... Ah, mal pude ver como, mas Catherine deu um salto, e ele a agarrou e a reteve num abraço. Temi que minha patroa não saísse viva dali, com tal fúria ele a segurava. Achei que Catherine desmaiara e me aproximei. Heathcliff resmungou, espumando feito um cão danado, e a atraiu para si com um ciúme feroz. Acreditei nem estar mais diante de uma criatura da minha espécie, sr. Lockwood, e sim de um demônio babujando na sua presa...

Afinal, Catherine se moveu, afastou-se um pouco e começou a alisar o rosto e os cabelos de seu companheiro. Heathcliff não a perdoava:

— Por que traiu seu próprio coração, Catherine? Você merece a sua sorte, você mesma se matou... você me amava, que direito tinha de me largar por causa desse miserável capricho que sentiu por Linton? Quando nem a miséria, nem a vergonha, nem a morte, nem Deus ou o diabo poderiam nos separar, você fez isso por vontade própria.

— Deixe-me sozinha, deixe-me sozinha — ela soluçava. — Se tenho culpa, vou morrer por ela. Eu o perdoo. Perdoe-me também!

Ficaram em silêncio, os rostos apoiados um no outro e banhados por suas lágrimas que se confundiam. Ao menos creio que os dois choravam, porque me parecia que até Heathcliff seria capaz de chorar numa ocasião daquelas.

Mas a missa terminara, e o sr. Edgar estava chegando. Eu os interrompi.

— Não, não vá! — gritou Catherine, agarrando-se a Heathcliff.
— Não me deixe mais sozinha, nunca mais! É a ultima vez, Edgar nada
fará, eu vou morrer! Eu vou morrer!

Que desespero! Eu apressava Heathcliff e ouvia os passos do sr. Linton nas escadas... Afinal, Catherine desfaleceu. Quando o sr. Edgar entrou no quarto e avançou, furioso, para o indesejado visitante, recebeu o corpo inerte da mulher dos braços do outro homem.

Pelas doze horas daquela noite, nasceu a Catherine que viu lá em O Morro dos Ventos Uivantes, sr. Lockwood; uma criança fraquinha, de sete meses. Duas horas depois, a mãe morria, sem recobrar a consciência suficiente para reconhecer as pessoas a sua volta.

Foi um desespero geral... Pobre nenê órfão... nem pudemos atender direito a pequena nos primeiros momentos. Pobre patrão... e pobre Heathcliff também.

Saí para o jardim à procura de Heathcliff, que ali se escondera, aguardando notícias de sua amada. Ao avistá-lo, nem precisei dizer nada, ele concluiu:

— Ela morreu, Nelly. Acabou.

Ele estava entre as moitas, pose rígida e cabelos úmidos de quem ficara ali de pé durante horas. Comecei a chorar e ouvi uma maldição:

— Vá para o diabo que a carregue, mulher! Catherine não merece suas lágrimas!

Eu chorava tanto por ela como por ele. Ah, sr. Lockwood, muitas vezes sentimos piedade por aqueles que desconhecem esse sentimento.

— Como Cathy morreu? — ele perguntou afinal. — Disse meu nome?

— Ela não recobrou mais os sentidos. Ela se foi, Heathcliff! A vida dela acabou em um sonho tranquilo. Tomara que possa despertar no outro mundo também em paz.

— Paz? — ele gritou e bateu os pés no chão com fúria e ódio. — Não, que ela desperte entre os piores tormentos! No céu não... longe de mim, não! Eu a amaldiçoo, Catherine Earnshaw! Que você não tenha sossego enquanto eu viver! Você disse que eu a matei, então me persiga, venha! Sei que fantasmas costumam vagar pela Terra. Então fique comigo... volte na forma que for... me persiga, deixe-me louco! Mas não me deixe sozinho neste abismo... Oh, Deus, não é possível sofrer assim! Não posso viver sem minha vida! Não posso viver sem minha alma!

Como eu poderia consolar esse animal selvagem em tal fúria? Sua testa estava manchada de sangue e da nódoa da madeira, pois ele se debatia contra as árvores... Quando me aproximei, fui afastada por um rugido, pedindo que o deixasse a sós. Então, saí dali.

Heathcliff ainda viu Catherine mais uma vez. Durante os funerais, o esquife ficou aberto no salão principal da casa. Houve um instante em que o patrão e todos os criados se retiraram, e o cadáver ficou sozinho. Do lado de fora, Heathcliff acompanhava a movimentação das pessoas por uma janela aberta e, aproveitando a oportunidade, apareceu furtivamente para o último adeus a seu ídolo. Foi muito discreto, eu mesma só percebi que ele estivera ali quando reparei no desarranjo do véu que cobria o corpo da falecida e numa mecha de cabelo loiro no chão.

Catherine usava um medalhão ao redor do pescoço, desses onde se guardam fios de cabelo. Pois bem, sr. Lockwood, compreendi que Heathcliff havia despejado o cabelo de Linton e posto uma mecha do seu próprio cabelo no lugar. Não desfiz a troca. Deixei que Catherine seguisse para a tumba e para a eternidade com um negro anel de cabelo do seu amado Heathcliff.

8
A VIDA CONTINUA...

DEPOIS DA MORTE DE Catherine, alguns fatos se precipitaram. A sra. Heathcliff largou o marido. Isabella, que estava grávida, conversou comigo, tinha esperanças de ser recebida pelo irmão e voltar a viver na granja, mas o sr. Edgar foi inflexível. O máximo que fez foi dar-lhe uma ajuda financeira para que se instalasse nos arredores de Londres. Assim que o sobrinho nasceu, foi batizado com o nome de Linton.

Linton Heathcliff! Que ironia esse ser o nome do filho de Isabella e Heathcliff, não é mesmo, sr. Lockwood? Mas nem a paternidade serenou aquela alma selvagem. Heathcliff acabou descobrindo a residência da mulher. E, quando viu o menino pela primeira vez, já com alguns anos de vida, tachou a sua cria de um "autêntico fracote, com o sangue ralo e a palidez dos Lintons". Contudo, não infernizou Isabella nem tentou fazê-la voltar para casa, no que teria direito pela lei.

Em O Morro dos Ventos Uivantes, aconteceu o que se esperava, a morte de Hindley. Confesso que não tenho muita certeza da naturalidade daquela morte, se o senhor me entende... Será que Heathcliff não se cansou de esperar e ajudou o destino? Mas o irmão de Catherine levava uma vida tão devassa, era um bêbado tão sombrio e violento que um ataque súbito não seria de se estranhar. Tinha feito tantas dívidas com seu inquilino que a justiça reconheceu a posse de O Morro dos Ventos Uivantes a Heathcliff. Por mera caridade, veja bem, só por isso, o último dos Earnshaws, Hareton Earnshaw, ficou morando na casa construída pelos seus antepassados.

Alguns anos depois, recebemos uma carta de Isabella informando sobre sua grave enfermidade. Não resistiu por muito tempo. Mais uma alma conhecida que descansou. O sr. Edgar foi à capital e trouxe o menino Linton com ele. Pensei que seria criado pelo tio, mas o pai o reclamou. Na ocasião, eu trabalhava aqui na Granja Thrushcross como ama de Cathy, a filha de Catherine. A menina e o primo deram-se bem naquele tão breve encontro, e quem sabe o futuro não seria diferente, se o patrão pudesse ter a guarda do sobrinho. Mas Heathcliff não quis assim.

Durante muito tempo, apesar de morarem tão próximos, os primos não se viram. Até uma ocasião, quando Cathy estava com 16 anos...

Mas deixe-me falar mais sobre o espírito e o comportamento dessas pessoas, sr. Lockwood, durante a década e meia que separa a morte de Catherine do encontro da sua filha com o primo Linton.

Como ficamos todos nesse período? Bem. Se não foram tempos especialmente felizes, pelo menos foram calmos. Confesso que para mim foi uma época agradável. Continuei a serviço de um bom patrão e cuidei com carinho da menina Catherine.

Pena que o sr. Edgar tenha se fechado tanto depois da viuvez. Dedicou-se basicamente aos estudos e mostrava-se distante da filha. E essa menina merecia ser tratada com amor, sr. Lockwood! Mas logo a frieza do patrão para com a pequena Catherine se dissipou; e, antes que ela desse seu primeiro passo, já reinava no coração do pai. Em nada lembrava o gênio rebelde e inconstante da mãe. Era inteligente, atenciosa. Se tinha um pecado, era o excesso de piedade e senso de justiça, e foi isso que a prejudicou, a meu ver, no que se refere ao primo, como vou-lhe contar.

Em O Morro dos Ventos Uivantes acabaram-se as bebedeiras e orgias. Heathcliff era sisudo e rude até para receber os boêmios que infestavam o lugar nos tempos de Hindley. Joseph bem que gostou dessa seriedade e continuou a serviço do mesmo Heathcliff que outrora espezinhara tanto. Aliás, agora tinha dois outros para perseguir e infernizar: Hareton e Linton.

Sabe que até imaginei que a vingança de Heathcliff se limitaria a transformar o filho do homem que odiava num selvagem ignorante? Pois sim! Isso realmente aconteceu, Hareton tornou-se um rústico analfabeto, que grunhia as palavras em meio a uma torrente de palavrões, esmagado de trabalho pesado e imundo, arrastando-se pelos cantos da propriedade — e olhe que era por natureza uma alma generosa, talvez a única daquele lugar! Mas o ódio de Heathcliff não parou por aí, como o senhor verá adiante.

Já o menino Linton... ah, não parecia ser filho de Heathcliff. Não tinha nada da violência explosiva do pai, mas também não herdara as qualidades da família materna. Era pálido, sim, loiro e frágil, mas ressentido e egoísta. Por intermédio de uma criada da casa, fiquei sabendo que o garoto tinha má índole, torturava gatos e cãezinhos, reclamava o tempo todo, nunca elogiava ninguém, era covarde ao extremo, preguiçoso.

Bem, vamos ao famigerado dia em que os primos se encontraram.

Era 20 de março, um belo dia primaveril, e o sr. Edgar, que criava a filha de maneira bem reclusa, consentiu que ela desse um passeio pelos pântanos.

— Apresse-se, Nelly! — falou Catherine, alegre. — Sei aonde quero ir... A um lugar onde está morando um bando inteiro de pássaros, cujos ninhos quero ver.

Como ela estava bonita, sr. Lockwood! Fiquei comovida, contemplando-a. Aos 16 anos, tinha os finos cabelos loiros refletindo o sol. Os olhos irradiavam a alegria sem nuvens. Era um anjo naqueles dias. Pena que não se contentou com aquela felicidade!

Em nosso passeio, acabamos indo mais longe do que o combinado. Catherine era rápida e correu na minha frente. Por mais que eu a chamasse, quando a alcancei, estava duas milhas mais perto de O Morro dos

Ventos Uivantes do que da granja. Avistei duas pessoas falando com ela, e uma era Heathcliff. A outra era Hareton.

Catherine falava com muita segurança sobre o pai e os privilégios dela. Quando me viu, Heathcliff deu um sorriso mau, que demonstrava claramente reconhecer a mocinha.

— Hareton não é meu filho, senhorita, mas tenho, sim, um filho, Linton. Espanta-se com esse nome familiar? Mas a senhorita já o conheceu. Não é mesmo, Nelly? É seu primo. Por que vocês duas não fazem uma visita ao garoto?

— Catherine — comecei a falar —, estamos fora há mais de três horas, e não acho sensato que...

Menina estouvada! Nem quis me ouvir. Quando ficou sabendo do primo, ali tão próximo, aceitou prontamente o convite.

Enquanto a moça seguia na nossa frente e não nos podia escutar, voltei-me, furiosa, para Heathcliff:

— O que o senhor pretende com isso afinal?

— Ora, Nelly, eles são jovens... Não seria bom que meu filho e a filha de Edgar se apaixonassem? Vou ser sincero com você. Tenho planos. Quero que eles se casem. Essa garota é a única herdeira da granja. Que eu saiba, o Edgar não anda lá muito bem de saúde...

Eu estava estupefata com aquele cinismo! Ia rebater quando chegamos à soleira de O Morro dos Ventos Uivantes, e Catherine reconheceu o primo, jogando-se em seus braços.

Linton era um adolescente muito magro e de gestos longos e cansados, mas simpático em sua fragilidade. De súbito, Catherine virou-se para Heathcliff:

— Oh, mas se Linton é meu primo, então o senhor deve ser... meu tio! — Ficou na ponta dos pés para beijá-lo. — Oh, bem parecia que eu o amava... Por que não vai à granja com Linton? Que estranho viverem tantos anos tão perto de nós sem nunca nos visitar! Mas agora quero vir aqui todas as manhãs...

— Terei muito prazer em recebê-la e tenho certeza de que meu filho também, mas é necessário dizer que... bem, eu e seu pai tivemos uma questão certa vez. Se lhe contar desta visita, ele a proibirá de voltar aqui.

— Que questão foi essa?

— Ele achou que eu era pobre demais para desposar a irmã dele e zangou-se porque me casei com ela.

— Oh, mas eu e Linton nada temos com essa discussão de vocês! E nem é direito... mas, se eu não puder vir aqui, Linton poderá ir à granja.

— Oh, será esforço demais — gemeu o rapaz, assustado com o sacrifício. — Eu morreria se caminhasse quatro milhas. Prima Catherine, você terá de vir aqui, mas não venha todos os dias, faça uma visita semanal.

Após lançar um olhar de ódio e desprezo ao filho, Heathcliff resmungou só para meus ouvidos:

— Está vendo, Nelly? Receio perder o meu esforço com esse inútil. Quando a garota perceber quanto ele é tolo, irá lhe dar um belo pontapé. Ah, se ainda fosse Hareton, eu teria uma chance!

Ficamos em O Morro dos Ventos Uivantes até o meio-dia. Catherine passeou pela propriedade entre Hareton e Linton (Heathcliff forçou o filho, que estava enfermo, a acompanhá-los), depois se despediram combinando novos passeios.

Quando chegamos à granja, Catherine foi direto contar tudo ao pai.

Pobre sr. Edgar... Ficou abaladíssimo. Deu sua versão dos fatos, falou sobre o rancor e a dissimulação de Heathcliff, de como ele se apossara de O Morro dos Ventos Uivantes, mas não detalhou os sentimentos que uniam Heathcliff à mãe de Catherine. Naqueles anos todos, o patrão sempre culpou Heathcliff. Tantas vezes eu o ouvi murmurar: "Se não fosse ele, talvez ela ainda vivesse!", mas eram assuntos sombrios demais para serem assimilados por uma alma límpida como a daquela garota. Afinal, Catherine concordou, a contragosto, que não faria novas visitas ao primo.

À noite, eu a flagrei chorando no quarto.

— Que menina tola, chorando por causa de uma proibiçãozinha dessas! Seu pai nunca a contradiz, e agora você...

— Oh, Nelly, não choro por mim, mas por ele. Prometi visitar Linton amanhã, e ele vai me esperar à toa. Se pudesse ao menos lhe enviar um bilhete...

— De jeito nenhum, Catherine! Seu pai proibiu qualquer tipo de relacionamento. Nem pense em inventar bilhetes agora. Vá dormir.

Que olhar rancoroso Catherine me lançou! Em princípio, nem quis lhe dar um beijo de boa-noite e me retirei, aborrecida. Porém, a meio caminho, arrependi-me e voltei. Conversamos mais um pouco sobre o assunto, e, afinal, quando pensei que a havia convencido a desistir do bilhete, deixei o quarto.

Mas estava enganada. Semanas depois, encontrei uma gaveta na biblioteca lotada de cartas do primo, que certamente foram enviadas em resposta à correspondência que Cathy lhe mandava. Ela subornara o leiteiro para ser o alcoviteiro... de muito mais do que bilhetes. Li as cartas, sr. Lockwood. Começavam com frases gentis, mas aos poucos Linton passava para um sentimentalismo afetado, mundano, como se estivesse falando com alguma namorada imaginária, ideal. Quantas bobagens! Não sei se aquela chatice agradava a Catherine, mas a mim pareceu tudo uma tagarelice insuportável. Cheguei a imaginar se aquilo não tinha o dedo de Heathcliff, inventando coisinhas românticas para engabelar um tolo coração juvenil.

Fui tirar satisfações com Catherine. Ela tentou negar, chorou... mas, quando ameacei contar tudo ao sr. Edgar, a própria moça jogou as cartas no fogo e jurou que dali em diante não mais escreveria para Linton.

No início de novembro, Cathy e eu dávamos um passeio ao ar livre, quando o sr. Heathcliff surgiu de repente para acusar a garota de ter piorado a situação de seu filho. Contou que o rapaz andava muito doente e infeliz desde a interrupção da correspondência e pediu a ela que fizesse uma visita ao primo.

— Oh, sr. Heathcliff — disse Catherine —, meu pai me contou os motivos que o levaram a se afastar do senhor e me proibiu de fazer visitas a Linton!

— Não peço por mim, mas por ele — Heathcliff continuou, dirigindo-se a mim. — Estou dizendo a verdade, Nelly. Linton não tende a viver muito. É mesmo um dever cristão visitar um rapaz tão doente. Ficarei fora da cidade por uns dias. Por que vocês não aparecem por lá? Pedirei a Joseph que as receba bem.

Claro que eu sempre desconfiava das boas intenções de Heathcliff, mas minha senhorinha enlouqueceu de remorso por se saber causa dos sofrimentos do primo. Acabei concordando; nada dissemos ao patrão e, no dia seguinte, cedo, fomos a O Morro dos Ventos Uivantes.

Se a ausência de Heathcliff era verdade, os bons modos de Joseph não o eram. Demos com uns resmungos do criado, recusando-se a nos receber. Afinal, forçamos a entrada na casa porque reconhecemos a voz de Linton, gritando. O rapaz estava largado num sofá e reclamava do frio e do abandono, antes de perceber que era a prima, e não uma criada, que se aproximava.

— Oh, Catherine, é você? Papai disse que viria... Não, não me beije, isso me tira o fôlego. Feche a porta, por favor. Essas criaturas detestáveis querem que eu me resfrie. As empregadas nem colocaram carvão no fogo! Está tão frio!

Eu mesma reforcei o fogareiro e tentei relevar o mau humor do doente, por conta da sua aparência febril, enquanto Catherine tentava animá-lo:

— Está feliz em me ver, Linton? Posso fazer algo por você?

— Por que não veio antes? Deveria ter vindo em vez de mandar cartas. Cansava-me tanto escrever aquelas longas correspondências... Seria melhor conversar.

A prosa não seguiu de melhor modo. Linton reclamava de tudo, sempre se achando injustiçado; quando se referiu a outras pessoas da casa, foi para ridicularizar a ignorância de Hareton ou demonstrar o pânico que tinha do pai.

E foi por causa dos pais que os jovens iniciaram uma discussão. Não sei bem como começou, mas certa hora Linton declarou que o seu pai desprezava o de Catherine, "chamava-o de covarde e de tolo".

A garota se encrespou:

— Você faz muito mal em repetir o que ele ousa dizer. Seu pai deve ser mesmo um homem muito ruim para tia Isabella tê-lo abandonado.

— Mamãe não o abandonou.

— Abandonou, sim!

— Quer saber, Catherine? Então vou-lhe dizer a verdade... sua mãe odiava o seu pai! E tem mais, ela amava o meu!

— Mentiroso! Eu o detesto agora! — Catherine tinha o rosto vermelho de raiva.

— Cale a boca, sr. Linton! — eu me meti na conversa. — Não sabe o que está dizendo.

O rapaz cantarolava "amava, ela amava, amava, sim" de maneira infantil e irritante, o que levou minha ama a perder a paciência e lhe dar um safanão. Linton caiu do sofá e teve um acesso de tosse. Durou tanto tempo que eu mesma fiquei apreensiva. Segurei sua cabeça para a frente até ele melhorar.

— Como se sente agora, sr. Heathcliff? — perguntei.

— Gostaria que ela se sentisse como eu — disse o garoto, olhando feio para a prima. — Cruel, malvada! Ninguém aqui me bate, nem Joseph, nem Hareton. Agora, por sua causa, vou passar a noite em claro.

Você vai dormir sossegada, e eu vou ficar gemendo. Oh, gostaria que um dia você tivesse noites tão terríveis como as minhas!

Aquela cena já passava das medidas, e me angustiava ver a maneira infame com que o doente se aproveitava do incidente para despertar o remorso e a piedade de Catherine. Tratei de pegar nossas coisas e fui em direção à porta:

— Bem, se o sr. costuma ter noites tão terríveis assim, não será por um empurrãozinho à toa que ficará pior... e agora, senhorita, já sabe que ele não sofre por sua ausência, mas por qualquer outra coisa.

— É preciso mesmo ir agora, Nelly? — A menina estava indecisa. — Quer que eu fique, Linton?

Ao perceber que iria ficar sozinho, o primo mudou de estratégia. Acalmou-se e pediu que Catherine lhe contasse uma história.

Afinal, eles encontraram uma atividade que dava prazer a ambos. Por boas horas, os dois ficaram sentados juntos, com Catherine cantando baladas ou narrando histórias. Ao nos retirarmos, ouvi um "até amanhã" da patroazinha.

— A senhorita não pretende voltar aqui, não é?

— Oh, Nelly, claro que sim. Estou certa de que eu poderia ajudar Linton. Tenho quase 17 anos, sou uma mulher mais velha que ele e mais ajuizada. Se meu primo me obedecesse, iria se restabelecer logo. Ele é adorável quando quer.

— *Adorável?* — indaguei. — É o mais rabugento dos meninos doentes que lutam para atravessar a adolescência que já conheci! Felizmente, o sr. Heathcliff predisse bem, não atingirá 20 anos. Duvido até que chegue a ver a próxima primavera. Alegro-me em saber que não há probabilidade de a minha menina se casar com ele.

Oh, sr. Lockwood, naquele momento não me arrependi de ter sido dura e realista com o rapazola, porque ele era mesmo insuportável. Mas, para os espíritos altruístas, feito Catherine, foi chocante demais ouvir a crueza da minha descrição. A garota pareceu ainda mais decidida a executar seus propósitos salvadores depois do que eu disse sobre Linton. E concordou, só da boca para fora, em evitar novas visitas a O Morro dos Ventos Uivantes.

Sr. Lockwood, bem vê quanto tempo está levando para recuperar a saúde, depois que trombou com o clima tão irregular das nossas terras, não é mesmo? Esses pântanos e essas paisagens podem ser belos e propícios para o estudo da natureza, mas sabem ser cruéis em certas temporadas. Estou lhe dizendo isso, porque eu mesma acabei vítima de uma dessas febres.

Foi logo depois daquela visita ao Linton. Adoeci, e a pobre Catherine se viu uma enfermeira bem atarefada, porque seu pai já vinha adoentado desde o outono.

Por umas três semanas, não saí de meu quarto. E confesso que demorei a desconfiar das cores frescas e do fôlego curto da menina quando vinha me desejar boa-noite. Ela tinha mais era o jeito de quem acabara de cavalgar a toda pelos pântanos, para chegar à Granja Thrushcross a tempo de não despertar suspeitas, depois de suas visitas clandestinas a O Morro dos Ventos Uivantes.

Mas foi eu melhorar para descobrir a farsa de Cathy. Ela acabou confessando suas visitas noturnas e detalhou seu relacionamento com o primo.

Pelo visto, Linton continuou mal-humorado e egoísta, além de doente. Na verdade, quem mais tentava distraí-la nessas visitas era Hareton, que se esforçava em aprender as primeiras letras sozinho. Certa vez, conseguiu soletrar o próprio nome, "HARETON EARNSHAW", da fachada da casa. Mas errou ao ler os números e acabou ridicularizado pela garota.

— Srta. Catherine, fez muito mal em rir dos esforços do coitado! — falei.

— Por favor, ouça-me até o fim desta história, antes de defender aquele selvagem — disse Catherine. — Então, entrei na casa, e Hareton ficou lá fora. Linton estava na sala, parecia pior... pediu que eu lesse algumas páginas de um livro para ele, e estávamos ali, quando Hareton apareceu, furioso. Agarrou meu primo pelo braço, gritou que eu era uma visita de Linton, então que ficasse comigo só para ele, e nos jogou porta afora. Levei tamanho susto que derrubei o livro, e Linton o chutou, depois ergueu o punho numa ameaça. Nessa hora ouvi uma risadinha maligna, era Joseph. O criado se divertia com o mau humor de Hareton e com o acesso de raiva que contagiou Linton. Aos berros, meu primo jurou que mataria Hareton, se não nos deixasse entrar. O pobre acabou tendo um surto de tosse e escarrou sangue. Oh, Nelly, pensei que ele fosse morrer ali. Afinal, a empregada Zillah ouviu o barulho e nos abriu a porta.

Catherine tomou fôlego e continuou:

— Ajudei a colocar Linton em sua cama e me preparei para partir. Nessa hora, Hareton surgiu mais uma vez... Esse miserável por quem você revela tanta simpatia, Nelly, dizia-se arrependido, mas, na verdade, tinha era medo da forca, porque ameacei contar tudo a meu pai, e este tomaria suas medidas. Afinal, consegui subir no cavalo e parti. Pois não é que Hareton me seguiu pelos pântanos e alcançou meu cavalo algumas milhas adiante? Jogou-se na frente do animal e implorou meu perdão. Mas só conseguiu me assustar! Pensei que fosse me matar, Nelly! Bati nele com o chicote e saí a galope...

— Meu Deus, Cathy! E depois disso você ainda voltou àquela casa?

— Sim, fiquei ausente por algumas noites, mas criei coragem... Linton conversou muito comigo. Explicou que gostaria de ser terno, gentil e dedicado... mas sofria tanto com a doença... e só eu poderia melhorar seu mau gênio. Hareton se afastou de vez, e o sr. Heathcliff, desde que retornara da viagem, também nos deixou em paz. Entenda, Nelly, estou só fazendo o bem! Se contar a meu pai, vai prejudicar demais meu primo. Por favor, agora você sabe de tudo. Deixe-me continuar visitando Linton. Ninguém precisa saber.

Por mais que simpatizasse com os bons propósitos de Catherine, achei que aquela história tinha ido longe demais e no dia seguinte conversei com o sr. Edgar. Ele insistiu na proibição das idas da garota ao morro, mas permitiu que o jovem Linton viesse à granja.

9
SEM SAÍDA

— TUDO ISSO ACONTECEU no inverno passado, sr. Lockwood — disse Nelly —, há pouco menos de um ano. Naquela época, como eu poderia imaginar que, antes de se passarem doze meses, estaria aqui, distraindo um estranho com essa nossa história de vida? Mas tenho cá meus desejos... quem sabe o senhor não deixa de ser um estranho, não é mesmo? Percebi como simpatiza com Catherine... ela é uma jovem e bela viúva. E, quem sabe, depois de ouvir tudo isso, o senhor...

— Pare, pare, cara amiga! — exclamei, divertido e um tanto confuso.

— Deixe de lado seus planos alcoviteiros. Tenho, sim, a maior simpatia pela sua ex-patroazinha e talvez pudesse mesmo gostar dela, mas será que ela gostaria de mim? Eu nem moro nesta região... Vamos, Nelly. Prefiro que continue a história. Catherine obedeceu ao pai?

A criada continuou...

A princípio, sim. Cathy tinha uma profunda afeição pelo sr. Edgar, e ele estava mesmo muito doente, sr. Lockwood. O patrão escreveu ao sobrinho, convidando o garoto a visitar Catherine na granja.

Mas Linton respondeu em sua carta que Heathcliff o proibia de ir, então o destino dos jovens era de nunca se ver. Pedia conselhos ao tio, afirmava suas boas intenções para com a prima... coisas assim.

Tenho certeza de que havia o dedo de Heathcliff naquela carta porque, se fosse deixada por conta de Linton, um moleque ranzinza como ele só saberia detalhar suas desgraças e reclamar da vida, nunca seria generoso e dedicado. Entretanto, a carta teve o efeito esperado... O sr. Edgar, considerando a semelhança física do sobrinho com ele mesmo, deu de imaginar que o garoto teria mais do seu sangue que do de Heathcliff. Certa vez, chamou-me e perguntou:

— Nelly, sinceramente, diga o que pensa a respeito de um casamento entre Cathy e Linton.

— Senhor, acho que a saúde do moço é muito frágil e pouco provável que atinja a maturidade. Mas ele não possui o temperamento do pai. Se a srta. Catherine tiver a infelicidade de desposá-lo, bem... poderá ter ascendência sobre ele.

Então o patrão começou a escrever ao sobrinho, dando algumas esperanças de noivado depois da primavera.

Se pudéssemos imaginar o clima de terror e servidão que Heathcliff impunha a seu filho moribundo, sr. Lockwood... Obrigava Linton a se fingir de apaixonado, a servir de peça no seu jogo de casamento e herança. O pobre rapaz derramava-se em cartas cheias de entusiasmo e sentimentos, quando estava era morrendo de doença e medo.

Com o tempo, o sr. Edgar acabou concordando em alguns encontros entre a filha e o sobrinho, desde que eu acompanhasse Catherine nesses momentos. Era começo do verão, quando seguimos caminho e demos com o rapaz sentado numa encruzilhada.

Meu Deus, como ele havia piorado! Linton jazia sobre a relva e só se levantou quando estávamos a dois passos dele.

— Sr. Linton, que horror! — exclamei. — Não está em condições de dar um passeio, deve voltar ao seu quarto imediatamente!

— Não diga isso, não, por favor! Estou melhor... juro que estou melhor. Papai disse que cresci depressa demais. Fiquem, por favor!

Catherine tentava dissimular o desagrado em ver Linton com aspecto tão ruim e procurou distraí-lo com músicas e histórias. Ao cabo de meia hora, o rapaz dormiu.

— Por que ele queria me ver afinal, Nelly? — reclamou Catherine, decepcionada. — Antes, mesmo de mau humor, era melhor do que agora, com esse pânico, tremedeiras... O que será que ele tem?

Linton tinha era um pavor horroroso do pai, sr. Lockwood. Acho que estava a par das suas tramas diabólicas e temia por tudo... pelo plano dar errado, por alguma acusação criminosa... pela ameaça de surra ou castigo, sei lá! Mas bem que aquele filhote apavorado de víbora também teve sua parte na conspiração, isso teve.

Apesar de a doença do sr. Edgar ter-se agravado, Catherine concordou em se afastar do pai por uns momentos para encontrar Linton, sete dias depois, na mesma encruzilhada. Dessa vez, Heathcliff apareceu, e o garoto implorou a Catherine que o acompanhássemos até O Morro dos Ventos Uivantes. Apesar de minha desaprovação, foi impossível à garota dizer-lhe não.

— Minha casa não está empesteada, Nelly — afirmou Heathcliff, indicando a porta de entrada. — Hoje estou disposto a ser hospitaleiro. Entrem e permitam que eu lhes feche a porta.

Na verdade, ele passou o ferrolho e a chave. Estremeci.

— Não tenho medo do senhor! — exclamou Catherine, decidida. — Dê-me essa chave.

Heathcliff conservava a chave na mão e foi tomado de surpresa diante daquele atrevimento, ou a voz e o aspecto da moça lhe lembraram de quem ela os havia herdado, e, por um instante, deixou que Cathy pelejasse para tirar a chave de seus dedos. Depois, acordou do marasmo e voltou-lhe meia dúzia de terríveis tapas, dos dois lados da cabeça.

— O senhor é um canalha! — gritei, indo em socorro da menina.

Um golpe me acertou no peito e calei-me. Sou robusta, mas fiquei a ponto de sufocar. Vi Catherine correr para o lado do primo, chorando. Ah, o bandidinho estava quieto como um rato, parecia feliz em não ser ele a vítima daquela violência. Heathcliff fez chá e me passou uma xícara. Depois, retirou-se.

Tentamos encontrar uma saída, mas tudo estava fechado. Nem Hareton, nem Joseph, nem qualquer criada eram visíveis. Linton pareceu mais tranquilo depois que o pai desapareceu dali, serviu-se de chá e nos contou os planos de Heathcliff:

— Papai quer que nos casemos, Catherine. Mas sabe que o sr. Edgar não consentiria nisso agora. Meu pai tem medo de que eu morra, se demorar muito. Você ficará aqui a noite toda, e iremos nos casar amanhã de manhã. Se fizer o que ele deseja, voltará para casa em seguida e me levará com você.

— Oh, miserável idiota! — berrei. — Levá-lo com ela? Você, casar-se? Pensa que esta bela, robusta e corajosa menina vai se ligar a um macaquinho agonizante como você? Oh, você merecia era uma boa surra, por ter-nos arrastado até aqui com suas choradeiras covardes e mentiras.

Mas não pude continuar meu ataque. Heathcliff voltou e nos colocou em cativeiro mais cerrado. No dia seguinte, ele me afastou de Cathy, e fiquei incomunicável por cinco dias. Apenas Hareton trazia e levava bandejas de comida, mas, pelo que fiquei sabendo depois, estava tão por fora das novidades quanto eu...

Na tarde do quinto dia, ouvi passos diferentes, mais leves. Era Zillah, a criada, que me abriu a porta e se jogou em meus braços como se me tirasse do reino dos mortos.

— Sra. Dean! — exclamou ela. — Que alegria ver que está viva! Em Gimmerton, só se comenta de seu desaparecimento... diziam que a senhora e a srta. Catherine tinham-se afogado nos pântanos. Foi a maior surpresa hoje, quando o patrão disse que as encontrara e as trouxera para cá.

— Então foi isso que Heathcliff contou?

— Não, ele, não... era o que se dizia na vila. Ele apenas comentou que as salvou e ordenou que eu viesse aqui soltá-la e lhe dar um recado... a senhora deve ir à Granja Thrushcross para aprontar os funerais do sr. Edgar. Catherine só seguirá para o enterro mais tarde.

— Como? Meu patrão... morreu?

— Ainda não, mas o médico disse que está nas últimas.

Desci as escadas e topei com Linton no sofá da sala.

— Onde está Catherine? O que vocês fizeram com Cathy, infame?

— Ela está lá em cima, Nelly. Somos marido e mulher agora. Papai disse que ela me odeia, mas de agora em diante o que é dela é meu. E não voltará para casa! Nunca mais! Pode chorar e reclamar quanto quiser! Está trancada e só sairá daqui quando meu pai quiser!

Então, Linton fechou os olhos como se pretendesse dormir.

— Oh, jovem sr. Heathcliff, por que age desse modo? Foi por ódio que Catherine veio até aqui ou por amizade ao senhor? Não sabe que o pai dela está agonizando? Que martírio para uma filha não poder se despedir do pai à beira da morte...

O rapaz continuou fingindo dormir, mas apertou os cantos da boca. Ainda falei muitas coisas sobre os sentimentos nobres da minha senhora, mas ele permaneceu calado. Então não insisti, aproveitei a ausência de Heathcliff e corri para a granja.

Ainda encontrei o sr. Edgar vivo, acamado. Narrei todas as nossas desventuras, inclusive o casamento dos primos. Tentei minimizar ao máximo o envolvimento de Linton naquela trama, para evitar sofrimentos desnecessários.

O patrão estava muito fraco, mas lúcido. Logo percebeu que o casamento tinha por finalidade garantir a propriedade a Linton, ou melhor, ao próprio Heathcliff. Estranhou, porém, que não esperassem sua morte... Mal sabia que o próprio Linton também não viveria muito, por isso a pressa. Então me deu ordens de localizar imediatamente o escrivão, queria modificar o testamento e deixar a fortuna sob a guarda de advogados.

Fui cumprir meu dever e também mandei que avisassem o comissário para que minha ama fosse resgatada de seu cativeiro, nem que fosse por intermédio de policiais.

Mas essa expedição não se fez necessária. Pelo meio da tarde, Catherine apareceu na granja.

— Nelly, querida Nelly! Papai está vivo?

— Sim, meu anjo, ainda vive. Mas como você escapou?

— Não sei o que houve com Linton, mas ele, afinal, desobedeceu ao pai e me libertou. Corri o tempo todo até aqui...

Supliquei que ela poupasse o sr. Edgar, dizendo-lhe que seria feliz com o jovem Heathcliff, já que estavam mesmo casados. A moça ficou surpresa, mas aceitou a mentira.

Ah, o encontro daqueles dois foi de comover as pedras, sr. Lockwood! Quanto mais o desespero de Catherine era silencioso, mais a alegria de seu pai era radiante. Ele até se esqueceu das últimas recomendações sobre a herança (mas eu não; o tempo todo fiquei enviando emissários à casa do sr. Green, o tabelião, e estranhava sua demora), perdido que estava em contemplar sua linda filha, seu bem mais precioso.

Pois foi nessa beatitude que faleceu o sr. Edgar Linton.

E, só depois dessa morte, à hora do jantar, foi que apareceu o sr. Green, mas sob ordens de Heathcliff, para saber como conduzir o inventário da herdeira e "esposa do jovem Linton". Tinha-se vendido, o canalha!

Claro que seria mais sensato que Catherine e seu esposo viessem morar na granja, estariam melhor acomodados, mas Heathcliff não quis. Disse que pretendia alugar a propriedade e foi assim que o senhor se instalou aqui, sr. Lockwood. Tentei trocar de lugar com Zillah, para ficar mais perto da minha menina, mas novamente Heathcliff não consentiu.

Catherine foi bem corajosa e aceitou o destino de morar em O Morro dos Ventos Uivantes. Disse que, dali em diante, iria se dedicar a amar e proteger Linton, porque, mesmo que ele tivesse mau gênio, era o seu marido e merecia ser amado. A menina teve até a petulância de dizer que tinha pena de Heathcliff, veja só! Por ser um "infeliz a quem ninguém poderia amar"...

Então foi assim que Cathy seguiu para lá, e eu fiquei nesta casa. Porém, a dedicação da jovem esposa foi insuficiente para salvar Linton, e agora ela é viúva. Zillah de vez em quando me conta as novidades, sei que a menina é infeliz e solitária, apesar de Hareton tentar alguma aproximação e ser gentil para com ela. Pensei mesmo, sr. Lockwood, em alugar uma casinha e levar Catherine para morar comigo. Mas a moça é herdeira, é de boa família, seria o mesmo que confirmar a total vitória de Heathcliff afinal. Portanto, não vejo outro remédio até o momento, senão levar a vida desse jeito. E torcer para que ela se case novamente.

Quem sabe, depois de ouvir tudo isso, não pense melhor sobre contrair matrimônio, sr. Lockwood?

Assim terminou a história de Nelly. E coincidiu com a minha recuperação. Apesar de ainda estarmos em janeiro, resolvi ir, amanhã ou depois, a cavalo, até O Morro dos Ventos Uivantes, para avisar meu locador de que passarei alguns meses em Londres e não pretendo renovar o contrato. Por nada deste mundo, quero passar outro inverno aqui.

10
O SONO EM TERRA TRANQUILA

EM SETEMBRO DE 1802, eu estava em viagem pelo interior e, por mero acaso, deparei-me a poucos quilômetros de Gimmerton. Apesar de não pôr os pés na Granja Thrushcross desde o começo do ano, ainda era oficialmente inquilino da propriedade. Então decidi pernoitar no local e acertar as últimas contas com Heathcliff.

Claro que também agia movido por boa dose de curiosidade... quem sabe Nelly não me brindaria com as últimas novidades sobre meu locador e a sua peculiar família?

Para minha surpresa, fui recebido em Thrushcross por uma criada estranha; perguntei sobre Nelly e soube que ela não morava mais ali, vivia agora em O Morro dos Ventos Uivantes.

— Vai tudo bem por lá? — questionei.

— Que eu saiba, sim, patrão.

Enquanto a mulher se afobava em ajeitar meu quarto, resolvi ver com meus próprios olhos a *normalidade* das coisas em O Morro dos Ventos Uivantes.

Era um belo e cálido pôr do sol. Diminuí o passo do cavalo e aproveitei o panorama que se descortinava à minha frente. Cheguei tão de mansinho que as pessoas da casa não perceberam a minha presença. Ouvi, então, uma áspera voz feminina:

— É *con-trá-rio* que se diz, seu jumento! É a terceira vez que explico... Leia direito, senão puxarei seus cabelos!

— Con-trá-rio — obedeceu o rapaz, e continuou uma leitura.
— Agora me dê outro beijo por ter lido direitinho.

Na varanda da casa, havia um casal jovem, muito bem vestido, com um livro à frente. Os dois sorriam um para o outro, distraídos, e mal pude reconhecer Hareton Earnshaw como o aluno aplicado de uma radiante Catherine Heathcliff.

Antes que me vissem, Nelly saiu à porta da casa e, reconhecendo-me, convidou-me a entrar na sala:

— Oh, sr. Lockwood, que surpresa! Por que não avisou que vinha? Thrushcross está tão abandonada, teríamos feito uma faxina adequada.

— Vim por acaso para essas bandas, Nelly, e resolvi acertar minhas contas com Heathcliff. O patrão está em casa?

— Então o senhor não ficou sabendo? Pela sua cara, não... Pois Heathcliff morreu, senhor! Foi uma morte bem estrambótica, se quer saber.

Claro que eu quis saber. E Nelly começou seu relato.

Fui chamada a O Morro dos Ventos Uivantes cerca de quinze dias depois que nos deixou, sr. Lockwood. E obedeci por causa de Catherine. Pobrezinha, como estava abandonada e sombria! Mas aos poucos pude lhe trazer, da granja, livros e outros objetos necessários, e a vida dela ficou mais confortável, apesar de Heathcliff tê-la proibido de se afastar da casa.

Hareton tudo fazia para ser amigável com Catherine, mas ele a irritava tanto! Qualquer tentativa de gentileza da parte dele era rebatida com crueldade pela moça. Imitava seus erros de gramática, invocava com tudo que o pobre fazia... Certa vez, viu-o cochilar ao pé do fogo e foi falando comigo, de modo que ele ouvisse:

— Nelly, não acha que Hareton parece um cachorro? Ou um cavalo? Faz seu trabalho, come a comida e dorme. Que espírito vazio e tolo! — Virou-se para ele. — Você já sonhou alguma vez, Hareton?

O rapaz nada respondeu, e ela continuou falando comigo, irônica:

— Sei o motivo de Hareton nunca dizer nada quando estou na cozinha. Tem medo de que eu ria dele. Há algum tempo, ele começou a aprender a ler sozinho e, só porque zombei dele, queimou os livros e abandonou os estudos. Não foi uma tolice?

— Menina, que maldade! — eu a repreendi. — Todos tivemos de começar de alguma forma... você deveria tê-lo incentivado.

— E eu se fizer isso agora? Ei, Hareton, se eu lhe der um livro, você aceita?

O rapaz manteve-se calado, mas Catherine deixou um livro na mesa e subiu para o quarto. Daí por diante, ela sempre lia em voz alta, quando Hareton estava por perto, "para distrair a Nelly", como a menina dizia.

Algumas semanas depois que Catherine iniciou essas investidas, os dois acabaram em meio a uma briga feroz. Ela tentou arrancar o cachimbo "fedorento" dos lábios do rapaz, e ele reagiu:

— Por que não me deixa em paz? Vá para o diabo! Não tenho nada a ver com seu orgulho porco e suas brincadeiras diabólicas! O que você quer comigo? Você me odeia! Não me acha digno nem de limpar os seus sapatos!

— Não sou eu que o odeio, é você que me odeia! — Catherine começou a chorar. — Você me odeia tanto quanto o sr. Heathcliff, ou até mais.

— Mentirosa! Quantas vezes a defendi e até apanhei dele por sua causa? E você sempre me ofendendo, me humilhando...

— Não sabia. — A moça enxugou as lágrimas. — Não sabia que tomava o meu partido, Hareton. Peço perdão.

E a danadinha lhe deu um leve beijo no rosto, achando que eu não estava vendo a cena. Em seguida, ela recuou e caminhou até a janela.

A partir desse dia, Hareton concordou em tomar lições com Catherine. Claro que um simples desejo não ia civilizar um chucro como Hareton, nem minha senhorinha é um modelo de filósofo paciente, mas o espírito de ambos se voltou para o mesmo objetivo: um amando e desejando poder amar, o outro amando e desejando ser amado...

Nelly soltou um sorriso radiante em minha direção:

— Veja bem como Deus traça seus caminhos de um jeito certo, sr. Lockwood. Hoje, folgo em que o senhor não tenha tentado conquistar o coração de minha Catherine e tenha deixado espaço para Hareton fazê-lo... Creia, não haverá pessoa mais feliz sobre a Terra do que eu no dia do casamento desses dois!

Concordei com Nelly e compartilhei sua felicidade pelo jovem casal, mas ardia de curiosidade de saber sobre meu falecido locador. Como morrera Heathcliff?

Então, Nelly continuou sua história...

O sr. Heathcliff andava distante de O Morro dos Ventos Uivantes, meio distraído. Era como se, depois de tantos anos de rancor e maquinações, tivesse se fartado de tudo e todos, sua vida tivesse se esvaziado de sentido. Então nem reparou, de início, naquela camaradagem que reinava entre os primos.

Joseph foi o intrigante que tentou envenenar o bom clima que se armava. Chegou ao patrão e pediu as contas.

— Bem gostaria de morrer aqui, onde servi por sessenta anos, mas agora nem no canto do fogão nem no jardim tenho sossego.

— Ora, idiota! — Heathcliff interrompeu as reclamações. — Do que se queixa? Não vou me meter nas suas questões com a Nelly.

— Não é a Nelly, senhor! Jamais iria embora por ela, que não é de roubar a alma de ninguém. Foi essa rapariga depravada que enfeitiçou nosso rapaz com seus olhos desavergonhados e suas maneiras indecentes!

O patrão foi conferir o que andava acontecendo e surpreendeu o casal dividindo uma mesa, com um livro diante deles. Pretendia armar uma cena de cólera, creio eu, mas o que viu foi demais. Ah, sr. Lockwood! Por um instante os dois ergueram o olhar ao mesmo tempo e o fitaram. Os olhos de ambos são perfeitamente semelhantes aos de Catherine Earnshaw. A Catherine atual não se parece com a outra, a não ser por uma certa altivez das faces, mas o rapaz... Tem sido notável a semelhança esse tempo todo e, mais que nunca, naquele momento. E isso foi chocante demais para Heathcliff que avançou na direção deles, tomou o livro em suas mãos e depois o devolveu, sem palavras. Fez um gesto para que eles saíssem. Eu estava fazendo o mesmo, quando ele me pediu que ficasse.

— É uma conclusão triste, não é mesmo, Nelly? — falou depois de meditar um instante. — Que fim absurdo para os meus violentos esforços! Tomo alavancas e picaretas para destruir as duas casas, meto-me em um verdadeiro trabalho de Hércules e, quando tudo está em meu poder, percebo que não derrubei nem sequer uma telha! Meus velhos inimigos se erguem de seus túmulos na figura de seus representantes... e tudo continua... e eu não tenho mais forças para empregar na destruição deles.

O patrão estava em um momento de confidências e continuou:

— Eu a vi, Nelly... No dia do enterro de Edgar Linton, subornei o coveiro para que retirasse a terra que cobria o caixão de Catherine e o abrisse. Era ainda o rosto dela! Então dei uma boa soma ao homem para deixar uma vaga ali, para mim... para todo o sempre...

— Oh, sr. Heathcliff! — Eu estava indignada. — Não se envergonha de perturbar a paz dos mortos?

— Não perturbei ninguém, Nelly. Procurei apenas alívio para mim mesmo... Na verdade, foi ela que me perturbou, noite após noite, nesses dezoito anos. Mas agora tenho dormido melhor. Sonhei que dormia o último sono ao lado de Cathy. E meu coração estava imóvel contra o dela e a minha face gelada encostava na dela...

E Heathcliff continuou após uma breve pausa:

— Há cinco minutos, Nelly, Hareton me pareceu uma encarnação de minha juventude, e não um ser humano. Meus sentimentos para com ele estavam tão confusos que seria impossível conversar... Ele é tão parecido com Catherine que me angustia! Era o próprio fantasma de meu amor imortal... Sei que é loucura exprimir esses pensamentos diante da senhora. Sinto-me indiferente ao que Hareton e sua prima façam ou deixem de fazer. Não posso mais prestar atenção neles. Sei que uma estranha mudança se aproxima.

— Sr. Heathcliff, não entendo. Que mudança é essa? — perguntei.

Ele não me parecia doente; na verdade, esbanjava saúde. Nem louco ou fora dos sentidos. Para dizer a verdade, estava mais são do que em muitas outras ocasiões.

— O senhor fala sobre... morte? — prossegui, alarmada.

— Não tenho medo de morrer, Nelly. Não tenho nem pressentimentos, nem esperança... Mas desejo tanto a morte... é uma longa luta... e gostaria que tudo acabasse. Em paz.

Depois daquela noite, o sr. Heathcliff evitou nos encontrar nas refeições. Não falava com Hareton nem com Catherine e se ausentava ao máximo da casa. Comia uma vez a cada vinte e quatro horas e saía constantemente a andar pelos pântanos.

Certa noite, percebi que o patrão entrara no antigo quarto de sua amada Catherine e ficara ali, insone, falando sem parar... No dia seguinte, tinha o rosto mais magro e os olhos mais fundos nas órbitas.

E, por vários dias, sr. Lockwood, ele agiu desse modo. Sem comer nem dormir, procurava a morte nos pântanos ou pelos quartos da casa. Chamou o tabelião e organizou seu testamento. Tentei chamá-lo à razão, implorei depois que se confessasse a um padre. Riu de meus esforços! Só exigiu que nós obedecêssemos a seu último desejo: ser enterrado ao lado de Catherine.

E uma certa manhã, tomada de pressentimentos, entrei no quarto do patrão sem avisar. A janela estava aberta, e ele se apoiava no parapeito. Parecia dormir... eu o toquei. Seus olhos estavam abertos e tinha um sorriso estranho nos lábios. Oh, era como se risse da morte... fiquei com muito medo e chamei Joseph.

O empregado confirmou a morte de Heathcliff, benzeu-se e disse:

— O diabo lhe carregou a alma.

Mas não creio nisso, sr. Lockwood. Acho que a alma dele foi levada, sim, mas por outra criatura...

Dias depois do enterro, vi um pastorzinho nos campos, e o menino chorava de medo. Perguntei-lhe o que havia acontecido, e ele me disse ter visto um homem e uma mulher no rochedo... Reconheceu o sr. Heathcliff e estava com medo de passar diante deles.

Eu mesma nada vi, sr. Lockwood. Só estou lhe contando o que me falou o pastorzinho.

— Seja como for, agora não gosto de ficar lá fora de noite nem de ficar sozinha nesta casa, sr. Lockwood — confessou Nelly. — Estarei bem feliz quando nos mudarmos todos para a granja.

— Hareton e Catherine vão morar na granja? — perguntei.

— Sim, logo que se casarem, no dia de Ano Novo.

— Quem ficará aqui então?

— Joseph e algum criado morarão na cozinha e deixarão o resto da casa fechado.

— Para os fantasmas que quiserem ocupá-la — eu disse.

— Não, sr. Lockwood — negou Nelly. — Creio que os mortos repousam em paz. E nunca é bom falar dos fantasmas de modo leviano.

Então, a criada fez o sinal da cruz, encerrando sua história.

Retornei à Granja Thrushcross por um caminho mais longo e passei diante da igreja. Vi que os estragos nas paredes aumentaram no curto prazo de oito meses, devido às tempestades. Procurei e logo descobri as três pedras tumulares na divisa do cemitério, na encosta da charneca. A do meio, de Catherine, cinzenta e semienterrada; a de Edgar Linton, enfeitada somente com o musgo e a de Heathcliff ainda estava nua.

Demorei-me ali, contemplando as pedras e a natureza em redor, olhando as mariposas que volteavam pelos ares, escutando a brisa que agitava as folhas das árvores. Achei impossível ter um sono perturbado quem dormisse numa terra tão tranquila...

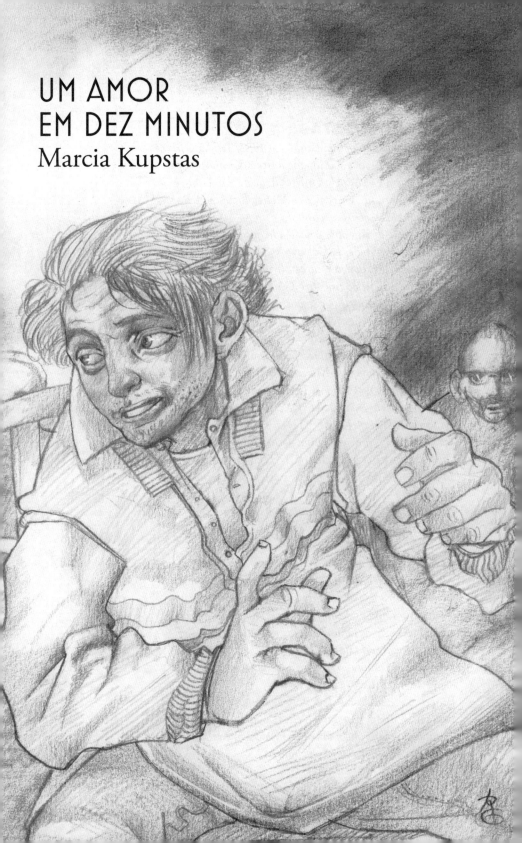

MARCIA KUPSTAS.

Brasileira, nasceu em São Paulo, em 1957. Tem dois filhos, Igor, que é de 1980, e Carla, que nasceu dez anos depois. Formou-se em Letras pela Universidade de São Paulo e lecionou Literatura e Técnicas e Metodologia de Redação em renomadas escolas da capital.

Grande parte de sua obra é dedicada aos jovens, em seus múltiplos retratos: desde Gustavo, o adolescente tímido, descendente de japoneses, no seu livro de estreia, Crescer é perigoso *(1986); ao psicótico Gurka, do livro homônimo (2002); ou ao garoto drogado que merece a proteção do anjo-narrador de* Eles não são anjos como eu *(2004), 2º lugar do Prêmio Jabuti 2005.*

Em vinte anos de carreira, recebeu prêmios como o Revelação, no Concurso Mercedes-Benz de Literatura Juvenil, e o Prêmio Orígenes Lessa, além de coordenar inúmeras coleções, como Sete Faces *e* Debate na Escola *(Moderna),* Deu no Jornal *(FTD) e* Três por Três *(Atual). Fez adaptações que mereceram destaque, como* Robinson Crusoé *e* Os três mosqueteiros *(FTD). Na coordenação da coleção* Três por Três, *sugeriu e selecionou textos que favorecem o diálogo com o jovem leitor, seduzindo-o para assuntos e personagens relevantes na sua formação.*

Como leitora, foi e é fascinada por O Morro dos Ventos Uivantes, *de Emile Brontë, obra que conheceu na adolescência e nunca deixou de admirar. "É um livro selvagem, que registra o amor desesperado de Heathcliff e a força louca dos seus sentimentos de tal modo que me despertava a imaginação. Eu me via naqueles pântanos, caminhava com os fantasmas e as lembranças, até me apiedava da impossibilidade de um final feliz para um amor tão intenso e extraordinário", disse Marcia Kupstas certa vez.*

Para a coleção Três por Três, *também adaptou* Romeu e Julieta, *porque "é o clássico absoluto. É impossível falar de amor e juventude sem conhecer essa trágica e apaixonante história".*

1
PRIMEIRO TEMPO

— POSSO CONTAR UMA história de amor? — ele perguntou, erguendo o braço como se estivesse numa sala de aula.

Ninguém no grupo de Narcóticos Anônimos disse coisa alguma. O coordenador só apontou a cadeira vazia, diante das onze pessoas que participavam daquela reunião. Então o rapaz sentou e sorriu, de um jeito quase provocativo.

— Meu nome é Thomaz e sou um dependente químico.

— Bom dia, Thomaz — disseram as pessoas.

E ele continuou:

— Esta é a cadeira da verdade e quem senta aqui tem seus dez minutos de honestidade... Mas será que dá pra contar uma história de amor em dez minutos? — Deu uma pausa. — Sabem o que eu descobri, companheiros? Descobri que amor é loucura.

Então ele riu. Riu de um jeito agudo que doeu nos ouvidos de quem escutava e repetiu outras duas vezes: "Amor é loucura, amor é loucura". Parou de repente e soletrou: "A-mor-é-lou-cu-ra", como se só naquele instante se desse conta da dimensão das próprias palavras.

Sem encarar o rosto das pessoas ou os quadros nas paredes, com frases como: "NÃO SE LEVE TÃO A SÉRIO", "EVITE A PRIMEIRA DOSE", "SERENIDADE-CORAGEM-SABEDORIA", deixou o olhar fixo num ponto do espaço e abriu o coração:

— Caras, é por isso que estou no RECANTO SANTO ONOFRE, mais do que pelo consumo de drogas ou por alguma encrenca com a sociedade. Estou aqui por um motivo só: por amor. E olhem que este lugar ainda está bom, é um RECANTO, no sentido de que RECANTO pode ser um refúgio. Já estive em duas clínicas antes, uma delas tinha também nome de RECANTO, mas era uma porcaria... A vantagem era que eu tinha tempo sobrando e comecei a ler mais, peguei a mania de ler dicionário. Teve um dia lá que procurei RECANTO, significa lugar secreto, esconderijo ou escaninho. Fui depois olhar ESCANINHO, é um lugarzinho oculto em armário ou escrivaninha, pra guardar aquilo que não se deve mostrar pro mundo. E não é isso mesmo que fizeram com a gente, afinal de contas? Botaram na gaveta. A gente não deve ser visto, deve ficar oculto, e nos deram um esconderijo...

Tomou fôlego e continuou:

— ...Mas RECANTO também pode ser um lugar bonito e secreto. Então estamos aqui, muito prazer, eu estou aqui agora, no RECANTO SANTO ONOFRE. Tem tanta árvore, tanto espaço, e agradeço, mas o melhor mesmo é que aqui estou mais perto da cidade. Então consegui avisar a Rute, e ela vem me ver hoje de tarde, na hora da visita. Por isso estou desse jeito ansioso, caras! O amor não é mesmo uma loucura?

— Não vou mentir pra vocês. Sei que essa é a cadeira da verdade, e, diante do Poder Superior e da gente mesmo, não tem mentira que leve à cura. Então nada de mentira. O negócio é o seguinte: teve, sim, muita droga na minha vida, desde os 13 anos, mas nada de fundo do poço comigo. Nada de roubar trocado da vovó nem de traficar na escola pra livrar uma dose, a família tinha grana e a mesada era boa. A Mãe e o Pai diziam que o Thomazinho aqui era músico, e músico não se amarra mesmo em estudar. Então, se eu repetia, repetia na escola, a Mãe me botava em outro colégio, tudo particular... Daí eu conseguia ir adiante mais um ano. E pronto! Era artista. Isso livrou a cara dos velhos, porque artista, afinal de contas, é mesmo gente esquisita, diferente no modo de encarar a vida.

Thomaz parou um instante, pensou e sua voz mudou. Soou mais alta e mais forte:

— E como era a minha vida? Caras, naquela época eu até ia dizer que era boa. Até achava que era feliz. Mas acho que eu era mesmo o homem cinza. Cinza, mas não de bituca de cigarro; era a cor, cinza. Cinzento... via tudo desse jeito, nem claro nem escuro, nem dia nem noite, cor-de-burro-quando-foge, como diria meu avô, se ainda estivesse vivo. Ele usava essas palavras, assim, do tempo do Onça. Olha aí, essa é outra boa palavra que ele usaria, tempo do Onça... Quando eu sentia dor, nunca doía de verdade. Quando vinha o medo ou batia a solidão, tudo bem, eu usava minha companheira, e as coisas se acertavam. E sem a droga... querem saber? Depois de um mês, assim de cara limpa, sabem o que mais me impressionou?

Thomaz aprumou as costas na cadeira e gritou:

— DESCOBRI QUE O CÉU TEM COR! Verdade, não riam, não. Olhei para o céu, e pela primeira vez vi que ele é azul. O céu tem nuvens, que podem ser brancas ou escuras, e, mesmo quando é de noite, tem estrelas ou então fica negro, e isso é bonito, caras, bonito mesmo...

O rapaz voltou a relaxar na cadeira, suspirou e falou mais baixo:

— Manjam aqueles paninhos que se coloca em machucado? *Gaze*, é esse o nome. Era como se existisse *uma gaze* na frente de meus olhos, e eu visse tudo, de bom ou de ruim, da natureza, da rua, da cidade, com essa nuvem na frente dos olhos. E quem tirou esse véu da minha cara foi a Rute. Mas como explicar a Rute pra vocês?

Ela já devia estar trabalhando em casa umas duas semanas, mas eu nunca reparava em empregada, naquele monte de empregada que a Mãe contrata e descontrata, arrumadeira, copeira...

Tinha passado a tarde inteira no meu quarto, triste, triste, a Mãe nem estava no Brasil, o Pai com os negócios dele... Eu ouvia um som, fumando e bebendo muito, e uma hora olhei pela janela, e ela estava lá. Tem uma espécie de varanda em volta dos quartos, e nem sei por quanto tempo a Rute me olhava. Quando viu que eu reparei, pediu licença para limpar os vidros por dentro e entrou no quarto. Saiu uma fumaceira quando ela abriu a janela, então falou:

— Você deveria parar com isso e tocar mais. Quando quer, você toca tão bem, Thomaz.

Comecei a dedilhar o contrabaixo, nem era música, só fiquei no *tum-tum-tum*. Incomodado. Queria enrolar outro baseado e que a Rute fosse embora. E ela ali, trabalhando, espanando, fazendo um monte de coisas... De repente, o barulho parou. Pensei até que ela tivesse ido embora, ergui o rosto. A Rute me encarava, bem séria. E disse:

— Você tem tanta coisa bonita.

Achei que ela comentava do meu quarto, das coisas que tem lá, do computador, do *micro system*, daqueles móveis ajeitados que a Mãe comprou, e ia agradecer, da boca pra fora, quando ela falou:

— Você tem um sorriso bonito. Triste, mas bonito, Thomaz. E ouve coisas legais. Escutei um dia, aí de fora, a música de uma cantora que tinha a voz fina que nem de passarinho. E, quando você toca, mas você toca tão pouco!, sabe também colocar muito sentimento na melodia... E fala coisas boas, também! Igual no dia em que a Soraia (Soraia é a cozinheira, está em casa tem mais de quinze anos) estava com medo de ter doença ruim no estômago, você segurou na mão dela e fez uma vitamina de mamão pra ela, em vez da Soraia fazer pra você, e limpou as lágrimas do rosto dela, e a Soraia sorriu e se acalmou... Você tem um bom coração e tem talento e tem um futuro e...

Até aí eu estava achando aquele papo estranho, mas legal. Então a Rute terminou a frase:

— ...E põe tudo isso a perder, usando essas porcarias. Menino bobo.

— Quem é você pra me dizer isso, hem? — Fiquei nervoso. — É muito mais velha, por acaso? Deve ter a minha idade! Que moral você tem pra me dar bronca?

— Quem leva bronca é criança — ela respondeu. — E, se você acha que merece bronca, é menino mesmo.

Aí eu abaixei a cabeça e fui metendo os dedos nas cordas do contrabaixo, com a maior força. Ela completou:

— E menino birrento, ainda por cima! Não acha que está na hora de enfrentar a vida que nem homem?

E me deu as costas! Foi esfregar a vidraça. Fiquei com muuuuuuuuuita raiva e, quando a Rute se abaixou um pouco pra pegar um pano no chão, vi um pedaço pequeno da sua perna. E resolvi, dei um pulo e passei a mão na coxa dela, falando:

— Homem? Você quer saber se eu sou homem, é? Tem um jeito bem legal de te mostrar que sou homem...

Gente, a Rute nem me deixou terminar a frase! Meteu a mão na minha cara, *póf*, com tudo. Virou a mão de um jeito que me deixou o rosto quente. Depois foi saindo e ainda disse:

— Nem dá pra ficar com raiva de você, Thomaz. Eu tenho é dó... Muita pena de você.

Caras, se eu estivesse mais chapado ou mais mamado, acho que iria... rir! Dar aqueeeeeeeeeela gargalhada de boca mole. E depois contar, na roda de fumo, alguma coisa como: "Passei a mão na perna dela, e a garota enfezou..." E ia ouvir: "Poxa, quer transar criadinha da casa?! Como você anda mal de mulher". Ia dizer e escutar coisas assim, sei lá, coisa de treze mesmo, papo de drogado. Mas eu ainda estava meio sóbrio, então fiquei foi p. Muito p. da vida. Desculpem, vocês pedem pra gente não falar palavrão, mas... Entenderam? Era provocação! E fui atrás dela.

— Escuta aqui... não gostei do que você fez.

— Escuta aqui, você. Meu trabalho é limpar a casa, e não agradar o dono. Se o tapa foi forte demais, desculpa, mas você...

— Não tô falando do tapa, garota, tá limpo, esse eu mereci. Eu tô falando daquilo... de você dizer que tem dó de mim. Ninguém tem porcaria nenhuma de ter dó de mim.

A gente já estava no andar de baixo. Eu alcancei a Rute na sala, bem na frente do armário espelhado, onde tem aquele monte de troféu de esporte que meu irmão ganhou, e ainda pensei: "Tomara que não gagueje. Você fica feio, vermelho e gagueja, quando está nervoso". Mas só olhei maneiro pelo espelho... e sabem o que eu vi? Sabem?

A Rute estava rindo! Linda... mesmo com a touca do uniforme, coisa ridícula que a Mãe faz as empregadas usarem. Tinha escapado uma mecha de cabelo por cima da testa, e ela ficou ainda mais bonita, com duas covinhas no canto da boca, e os dentes muito brancos. Então a Rute me flagrou encarando ela pelo espelho e fez um aceno pra mim (pelo espelho), eu respondi com um tchauzinho. Então ela me botou a língua pra fora (pelo espelho), e eu botei também. Aí a Rute arregalou os olhos, e eu fiz aqueeeeeeeeeela careta, bem doida. E ela gargalhou mais e mais alto. E finalmente a gente se olhou de frente, olho no olho, quer dizer, sem ser pelo espelho, e eu tive de abaixar a cara, porque a Rute é bem pequenininha, bate aqui no meio do meu peito.

— Desculpa... — consegui dizer. — Eu fui meio grosseiro, né?

— Eu me meti na sua vida sem ser chamada — ela respondeu. E provocou de novo: — Menino!

— Iiiiiiiiih, vai começar com isso? Me chama de Thomaz que eu te chamo de... do quê? Como é mesmo seu nome?

Então ela falou "Rute", e assim começou nossa amizade.

2
SEGUNDO TEMPO

THOMAZ SUSPIROU FUNDO e continuou seu depoimento sem olhar na cara de ninguém na sala de Narcóticos Anônimos. Ele falava para o céu, para si mesmo, para a frente, para o Poder Superior:

— Acho que as coisas realmente grandes, na vida da gente, sempre acontecem em silêncio... O que é bom e forte e intenso não precisa de explicação. Mas aqui eu tenho de dizer, e como fazer isso? Como contar, assim, o que eu sentia, todo dia de manhã? Manjam, naquele momento em que a gente acorda e ainda fica quentinho na cama? Sabia mais ou menos a hora em que a Rute ia para o andar de cima, e eu ficava lá na cama, apurando o ouvido, esperando... Então percebia quando ela chegava pelos seus passos, o modo de ela cantarolar alguma coisa, ou respirar, até isso! Até a respiração da Rute era diferente, e eu percebia... Então subia aquele calor bom e gostoso pelo peito, e eu pensava em coisas legais de contar para ela, em surpresas legais de fazer para ela, em um jeito de abrir a porta do quarto e dizer "Bom dia" e alegrar a Rute, porque o sorriso dela é a coisa mais bonita do mundo. Isso era amor? Isso *é* amor? Tem tanto tempo que não vejo a Rute, e ainda fico assim, com os olhos cheios de lágrimas, só de lembrar. Só de recordar o jeito com que eu esperava por ela de manhã, pra dizer bom-dia! Não é estúpido isso? Mas, para aquele garoto mimado, e drogado, e vazio, que eu era, dizer bom-dia pra empregada podia ser o ponto alto de sua vida de m.

Durante o dia, a Rute nem me deixava chegar perto, dizia que trabalho era coisa séria, mas permitia que eu acompanhasse ela até o ponto de ônibus, na saída. Nunca aceitou carona, nunca, nem na minha moto nem nos carros do Pai. Ela morava longe pra danar, duas conduções, mas tinha seu orgulho e só aceitava minha companhia até o ponto de ônibus.

E eu lembro — e como lembro! — da Rute todinha, o rosto em formato de pera, o queixo tão pequeno e tão retinho, os olhos redondos e escuros, como os de um bichinho selvagem, com a parte branca muito clara reforçando a escuridão das pupilas, e o cheiro... gente, o cheiro dela! Me... me excitava, mas era mais que isso, mais que desejo, mais que cheiro de mulher, de fêmea, era, assim, um... Um cheiro limpo, dá pra entender? Limpo, sabonete e canela. Deus, como era bom o cheiro dela!

E nessas caminhadas a Rute sempre me contava da sua vida, uma vida de trabalho, de cuidados... Cuidar de irmãos menores, cuidar de avó e mãe sempre doentes, responsabilidades, era outro mundo o dela. Mas, nunca, nunca, nunca, a Rute vinha com choradeira ou reclamação, sempre via um futuro e, no futuro dela, mais trabalho, claro, e também muito mais sonhos... Muito mais sonhos do que eu poderia ter em toda minha vida de conforto, porque eram coisas que a Rute conquistava e pelas quais lutava. E, ah, como me sentia menino, sim, perto dela. E como tantas e tantas vezes eu me prometia maneirar na droga, mudar de vida. E, por tudo isso, essas conversas com a Rute, esses cheiros, esses olhares, esses sorrisos, ah, eu queria ficar melhor, ser um homem melhor, e por causa dela.

Então apareceu o concurso. Nem sei como fiquei sabendo. Era da prefeitura de uma cidadezinha perto daqui, professor de música em escola infantil, e tinha lá um regulamento. A parte da música eu sabia, sabia bem, estudei em conservatório, mas fora isso sou quase analfabeto, caras. Tirei diploma de segundo grau porque estudava em escola particular e a Mãe ia falar com as donas. Então era quase impossível prestar um concurso e passar. Nunca que ia lembrar desses troços de Matemática, de Ciências, porque da boca pra fora eu fazia cursinho pra vestibular, mas só aparecia lá de vez em quando, pra ficar na roda de fumo de uns carinhas.

Contei pra Rute do concurso, e ela endoidou. Falou um monte, de como seria importante eu tentar, que quem não arrisca não petisca... Nessa hora tentei brincar e fingi que me zangava em ser comparado com galinha ciscadeira, mas a Rute insistiu:

— Thomaz, trabalho é coisa séria. Pode ser pouco dinheiro, mas seu, só seu, de salário. Aí, sim, você deixaria de ser menino e viraria homem.

— Você ia ter orgulho de mim se eu passasse nesse concurso, Rute? — perguntei.

Ela ficou brava:

— Nem precisa passar, Thomaz, mas tentar.

Então topei. Fui mais no cursinho, umas três vezes por semana, e depois a semana inteira. No começo, me desesperei! Não lembrava de nada das matérias, nem do básico. A Rute fazia o ensino médio à noite e me emprestou as apostilas dela. Deu de usar a hora de almoço pra me tomar as lições. Até uns livros do escritório do Pai a gente pegou e ficava estudando! O velho ainda se tocou, quis saber por que eu andava atrás de livro, mas menti que emprestava para um colega. A Mãe... ah, a Mãe sempre nas viagens dela, nos negócios dela. Se reparou em alguma coisa, o que eu duvido!, achou que era alguma bobeira minha e...

Foi assim por uns três, quatro meses. Até no bagulho eu maneirei. Descobri que com muito fumo na cabeça entendia menos as coisas. Se queria ficar esperto, era melhor de cara limpa.

3
TERCEIRO TEMPO

THOMAZ MOVEU OS BRAÇOS, apontando os vários cartazes pela parede, e continuou:

— Livre-arbítrio. Essa não foi uma palavra que encontrei em dicionário, mas em clínica, ouvindo depoimentos de gente que largou de vícios. Homem tem livre-arbítrio, pode escolher entre Bem e Mal, entre certo e errado, entre coragem de botar a cara na vida ou ser minhoca debaixo da terra. Pois, no dia do teste — havia um teste de capacitação antes do exame geral, lá na prefeitura da cidadezinha —, o Thomaz que vocês estão vendo aqui escolheu agir que nem uma minhoca daquelas bem encolhidas debaixo de pedra. Catei um engradado de cerveja na geladeira e me tranquei no quarto. Disse que não ia. Que tudo aquilo era besteira, e eu nem precisava de grana, aquele salarinho era uma droga, meu sonho não era ensinar pivete, queria ser compositor e tocar em banda. E estava lá, delirando, falando essas coisas, mas da boca pra fora, porque o que eu tinha mesmo era uma covardia do tamanho de um bonde. A Rute se cansou de bater na porta do quarto. Pensei mesmo que desistia, mas que nada! Ela subiu por fora, entrou pela varanda e me flagrou na hora em que enrolava um baseadão pra fumar com a cerveja. Nem quis me ouvir! Por bem pouco não me meteu a mão na cara de novo. Disse que não tinha tempo de sobra na vida pra perder com fracassado. Que não ia desperdiçar estudo com covarde. Catou minhas roupas no armário, jogou tudo em cima de mim, me enfiou no chuveiro e pediu o resto do dia de folga para a Soraia. E não é que foi comigo? Foi, sim, até lááááá naquela cidadezinha! E fomos de ônibus, porque ela não confiava andar de moto comigo, ainda mais meio confuso e ressacando as três ou quatro cervejas que eu tinha tomado.

Durante as duas horas de viagem, eu me senti dividido pra caramba! Com vergonha da minha covardia e com raiva da Rute, sim, por ela me obrigar a fazer o que eu achava que não queria, mas. Tinha também uma coisa diferente, uma, como dizer?, uma *esperança*. De que, de repente, era uma chance. Era para acreditar no que a Rute dizia, o tempo todo: "Confie em você, Thomaz. Vai dar tudo certo".

E deu! O funcionário da prefeitura era um tiozão até legal, conhecia muito *rock* dos velhos tempos. Toquei pra ele umas músicas, li partitura. Fiz o teste direitinho, ele aprovou, e passei para a segunda fase do exame.

E na volta, no ônibus mesmo, tomei coragem. Estava leve, feliz! Coisa doida é a cabeça da gente, mas eu, que antes queria me afogar em álcool e maconha, de repente até me exibia! Dava uma de herói e contava dos elogios do tiozão, e dedilhava um instrumento imaginário, um monte de músicas que rondavam a minha cabeça e fazia a Rute rir, ela que estava orgulhosa, dividindo a minha felicidade e... Fosse porque o teste deu certo, porque a viagem era longa, porque a Rute estava do meu lado, dei um beijo nela. E contei que gostava dela. Gostava dela de verdade.

A Rute ficou quieta, encolhida que nem... um bichinho de estimação, uma gata, encostada no meu peito, pequenininha e macia. Só ouvia e não falava nada. Teve um momento que comecei a ficar com medo daquele silêncio. Então gritei:

— Diz alguma coisa, Rute! Você, sei lá... gosta, pelo menos um pouquinho... de mim?

Então ela se mexeu toda, subiu em cima de mim, com uma rapidez, me apertou, segurou no meu queixo, agarrou mesmo no meu queixo, me puxou para bem perto dela e olhou muuuuuuuuuuuito fundo nos meus olhos, como se pudesse enxergar não só os olhos mas a minha alma inteira lá por dentro. Ficamos olho no olho um tempão, e a Rute falou:

— Thomaz, Thomaz que é bonito e é fraco, isso nunca deveria acontecer... O que você vai ser na minha vida? Você é alegria e perdição, é mais encrenca que sucesso, mas Deus que sabe, a gente lá tem controle da vida? Sentimento nasce. É planta do coração, cria raiz sem que se consiga arrancar fora...

Foi tanta coisa, tanta coisa, assim, estranha e bonita que a Rute disse, e eu só pensava: "Mas ela gosta de mim ou não? Ela me quer ou me detesta? Ela me aceita ou está me dando um fora?". E, afinal, entendi, com muita dor e muito, muito medo, naquela hora, quando a Rute continuou:

— Você sabe, não sabe, Thomaz, que agora eu vou ter de sair da sua casa? Vou ter de pedir demissão, largar o emprego.

Isso não só me gelou por dentro como me matou mil vezes, acabou comigo, e eu só consegui gemer:

— Você vai embora, Rute? Então nem devia ter falado nada. Que burro eu sou! Por que falei de meu sentimento? Pra perder você até como amiga? Então era melhor não ter contado nada, ter ficado calado. Esquece, esquece isso tudo, Rute. Larga mão e continua lá em casa. Desculpa, eu não disse nada. Chega, esquece minha burrice.

— Burrice, burrice mesmo, menino! — Ela apertou meu queixo com mais força, cerrou as unhas bem naquela carne molinha da ponta do queixo, pra doer, pra eu prestar muita atenção. — Você não entendeu nada do que eu falei, Thomaz? Tenho, sim, um sentimento enorme por você. Sinto, sim, a mesma coisa que você. É amor? Tem de ser amor, Thomaz, para aceitar tamanho desafio. E se eu vou sair da sua casa é porque não é certo ter amor e trabalho no mesmo lugar...

Então eu gargalhei com vontade e ainda soltei a piada: "Onde se ganha o pão não se come a carne". Ela fingiu que ficou brava comigo, mas sabia como eu podia ser grosso nas brincadeiras e também acabou rindo.

Ah, Rute, séria e organizada Rute, mas também apaixonada e feliz. E a gente se agarrou no ônibus e se beijou tanto e tanto que as nossas bocas até doeram de verdade. E eu tinha aí uns trocados, pedimos pra ficar numa rodoviária antes de chegar na cidade, pegamos um hotelzinho bem fuleiro e foi nossa primeira noite.

Como foi bom e limpo e lindo naquela noite, porque parecia primeira vez e... Querem saber, caras, querem saber mesmo? Me desculpem se os olhos enchem de lágrimas e se a minha voz fica assim, engasgada, mas é que nunca se consegue explicar direito quando os sentimentos são mais fortes que as palavras. E foi sexo, foi prazer, foi amor pela primeira vez. Por mais mulheres e farras que eu já tivesse tido nessa vida, foi como se nunca tivesse ficado com uma garota antes, como se pela primeira vez visse o corpo, o sexo, os detalhes de uma fêmea de homem com tudo de delicado e forte e delicioso que pode existir em corpo, cheiro e alma de mulher. Porque era ela do meu lado, ela, a Rute, que também me amava e também me queria, minha, minha mulher.

Era o paraíso!

E foi. Por uns tempos.

4 QUARTO TEMPO

— BOM, RESUMINDO A COISA, se vocês querem saber se eu passei no exame escrito e consegui a vaga na prefeitura, e me casei com a Rute, e a gente foi morar sei lá onde e viveu feliz que nem num conto de fadas, se vocês acreditam nessas coisas e já estão até batendo palminha com o final feliz, ah, caras!... Vocês entraram bem. Porque não foi nada disso que aconteceu.

Thomaz encaixou os dedos das mãos e foi estralando-os, um a um. Gesto rude e barulho alto.

— ...Desde quando a Mãe sabia? Desde que eu comecei, aos 13 anos? Será que a Mãe acreditou mesmo que arrebentei o nariz na quadra da escola jogando vôlei, quando eu tinha era caído do muro da escola, depois de misturar xarope com álcool, e apagado e me esborrachado de uma altura de uns cinco metros? Só não me f. de verdade porque Deus é grande. Ou no acidente de moto aos 16 anos, será que ela acreditou mesmo que eu tinha sido só... "Um pouquinho irresponsável de não usar capacete", como falou no hospital, quando na verdade eu tinha cheirado todas e me esfolado na traseira de um caminhão? Graças a Deus que o caminhão estava parado e que o acidente foi só comigo, não matei nem atropelei ninguém. Só para ser mais maldoso, será que a Mãe e o Pai não só sabiam como até se aliviaram quando perceberam que eu sossegava? Que eu tinha arrumado minha amante favorita? A droga da minha vida era maconha com cerveja e isso me tirava de órbita, eu repetia de ano, não tinha cabeça pra nada, mas tudo bem, porque não enchia o saco, não incomodava, ficava na minha. Eu era um nada na família, mas um nada que se podia esconder em ESCANINHO. Já tinha aliás arrumado meu

ESCANINHO por conta própria, era meu quarto, minha mesada, meus rolês por aí, e isso não incomodava ninguém.

Thomaz alisou o contorno da boca, onde se esboçava um leve bigode. Suspirou fundo, colocando as mãos sobre os joelhos.

— Afinal de contas, para que precisavam de mim? Tinham o Roberto, engenheiro formado, pós-graduado no exterior, casado com a neta de um ex-ministro, tocando a fábrica do Pai... Tinham a Gisele, linda, com 22 anos e noiva aí de um empresário amigo do Pai, depois de estudar na Inglaterra e até fazer uns bicos como manequim no Japão... Eles já não tinham esses dois filhos? Os dois, maravilhosos, tão perfeitos, tão motivo de orgulho de qualquer família, não eram o suficiente? Parece que não. Eles também precisavam de mim. Nem que fosse pra ser a ovelha negra da família.

A burrada eu fiz quando contei pra Mãe do concurso. E nem falei da primeira fase! Perguntei se não era boa ideia eu dar umas aulas de música, quem sabe, tentar uma faculdade de Pedagogia depois...

Ouvir, ela ouviu. Mas daquele jeito, doida pra interromper. Sabe a pessoa que está te escutando, mas mexe a cabeça pra cima e pra baixo e se movimenta toda e faz careta, e você percebe que só está planejando como interromper e detonar tuuuuuuuuudo que você está dizendo? É ridículo chamar isso de diálogo! É guerra! Pra Mãe, sempre foi guerra. Ela parece uma... máquina, uma calculadora, a gente até sente as engrenagens dentro da cabeça dela, *crec-crec-crec-crec*, dentro do cérebro do robô, se armando e se encaixando direitinho, planos e mais planos, para destruir o inimigo...

Foi assim que a Mãe fez. Na primeira chance, alisou meu cabelo e falou:

— Thomazinho, o que você diz é muito bonito, mas será mesmo que isso foi feito para você? Horário, ir até a escola, trabalhar no interior, criança pobre, de prefeitura, credo! Quer mesmo aula em escola de música? Vamos conversar com o seu professor do Liceu, quem sabe no conservatório... Estudo é coisa séria — ela disse isso com uma cara de pau!, como se algum dia tivesse conferido minhas notas ou me incentivado no estudo. E continuou: — Não tem a sua mesada? Aproveita a vida, filho, antes de começar mesmo um emprego.

— E se eu resolver casar? — Aí, sim, joguei um balde de água fria nela. Fria, não, gelada, Polo Norte, *brrrrrrrrrrrr*, congelante.

— Casar? — ela repetiu e olhou bem pra minha cara. Acho que aí, finalmente, aí, ela prestou atenção.

— É, Mãe! Estou pra fazer 20 anos, com 21 sou maior de idade em tudo, posso casar, posso sustentar uma família...

Ela ainda mentiu:

— Que bom que você pensa em ter esposa, em formar uma família, Thomaz! Você é novo, mas vá pensando... procure uma moça com calma, de boa família. É importante ter sogros apropriados.

Gente, quando ouvi isso, tive vontade de gritar, vomitar, gemer, chorar, sei lá! SOGROS APROPRIADOS... Lembrei da frase, a vida inteira eu ouvi a Mãe dizendo isso para nós três, para o Beto, para a Gisele. A Gisele, então, foi TORTURADA com essa ideia desde que se conhece por gente... Não era para se apaixonar. Não era para namorar, para ficar, amar, adorar, desejar, nãããããão, nada disso valia a pena! Pra Mãe, o importante mesmo na vida adulta e no casamento era aquilo, era ter SOGROS APROPRIADOS...

Thomaz mordeu os lábios com força, assoprou por entre eles, procurou serenidade em seu coração agitado, antes de prosseguir:

— Aqui é a cadeira da verdade e na cadeira da verdade não se deve mentir... Não vamos ser f.d.p. com a família se não é pra se ser f.d.p. com a gente mesmo, não é? Não sou nenhum santo, e não foi nenhuma grande maldade que fizeram comigo. Disso, de eu vir pra clínica, de eu me cuidar. O que me incomoda é o modo como a coisa foi feita. Que tinha um *porquê* e um *quando*, tá limpo. O *como* é que é o diabo...

Eu podia estar amando, podia ver a Rute quase todo dia, podia montar planos de futuro e até guardar dinheiro com ela, pra gente morar junto, mas não dava pra parar assim, de uma hora pra outra, com a droga. Maneirava mais, claro, ficava na mais leve, mas tinha de usar. A Rute até me acompanhou em reunião de A. A., me levou pra conversar com padre e com pastor, mas não era a minha hora.

Aí a Gisele deu de aparecer em casa. Ela sempre foi legal comigo, e o bestão aqui contou tudo. Da primeira fase do concurso, dos estudos para

124 | UM AMOR EM DEZ MINUTOS

a segunda fase, dos sonhos de ganhar o próprio dinheiro, de me mudar para o interior... falou do futuro. E, feliz da vida, o bestão aqui contou da Rute.

E foi internado. Claro que não porque eu pensava em casar logo que fizesse 21 anos. Claro que não foi internação para me afastar de uma moça que tinha sido empregada lá de casa e que — claro! — não oferecia SOGROS APROPRIADOS para minha digna família. Claro que naaaaa-aaaaada disso foi levado em conta, jamais, na ideia da minha internação. Foi pelos outros motivos... E os motivos eram esses: eu não passava de um drogado irresponsável, manipulado por uma empregadinha vulgar e interesseira, que dava um golpe do baú num pobre menino idiota e tão, mas tão drogado e louco, que, oh!, pensava nesse tipo de besteira, casar com uma criada e ter o direito de ter família e ser feliz.

Foi por isso, claro, que eles tiveram de fazer alguma coisa.

O coordenador do grupo colocou um cartão escrito: "FALTAM DOIS MINUTOS", ao lado de Thomaz, que o pegou e ficou rodando-o nos dedos.

— Obrigado pelo aviso, companheiro. E desculpem se eu estourar o tempo, mas é difícil contar uma vida em dez minutos, e uma história de amor. Mesmo que sejam feitas mais de silêncio do que de palavras, precisam ser bem explicadas... Fiquei muito revoltado na primeira clínica, revoltado mesmo. Porque ali não foi internação voluntária, foi castigo, foi tocaia, foi Mãe e Pai revirando meu quarto junto com enfermeiro, enfim, vou poupar vocês dos detalhes. Mas, se eles acharam que a Rute me largaria por causa da internação, dançaram. Ela fez visitas em todos os fins de semana e me apoiava tanto que isso só aumentou minha vontade de ficar limpo. Os médicos mesmo se impressionaram. Até falaram em me dar alta depois de uns três meses. Vai ver foi por isso que a família me tirou dali. Então fui para o tal RECANTO, que era longe à beça. Só consegui avisar a Rute um baita tempo depois, e ela tinha de pegar condução de noite inteira pra me ver no dia de visita.

Thomaz suspirou forte, fechou os olhos e recitou a ORAÇÃO DA SERENIDADE:

— CONCEDEI-NOS, SENHOR, A SERENIDADE NECESSÁ-RIA PARA ACEITAR AS COISAS QUE NÃO PODEMOS MODIFI-CAR... CORAGEM PARA MODIFICAR AQUELAS QUE PODEMOS

E... — Abriu os olhos e sorriu para as pessoas à sua frente, sorriu para cada um deles, para o moço de longos cabelos em um rabo de cavalo, para a moça de dentes grandes, para o rapaz magro de bigode, para um senhor de pernas inchadas, para uma mulher de olhos claros, e via como cada um era, e concluiu a oração: ...SABEDORIA PARA DISTINGUIR UMAS DAS OUTRAS.

Em seguida, ele continuou seu relato:

— No RECANTO, conheci a irmandade. Fui à reunião, fui ouvindo e aprendendo. Descobri que dá pra gente arrancar a paz de dentro do peito. Que aquilo que parece ruim pode ficar bom. Que a fraqueza pode ser força. Que se deve viver um dia de cada vez, e que até uma grande viagem começa num primeiro passo... Descobri que podia sentir as coisas, sentir assim de um modo...

Thomaz fez uma pausa e falou muito devagar:

— VISCERAL. Sabem o que é? Como disse, usei meu tempo em clínica para aprender, achei essa palavra num livro. Já tive meu momento de ÓDIO VISCERAL, da Mãe, do Pai, da família. Um ódio que pode vir de dentro, das vísceras, das entranhas, do mais fundo de você. Já senti isso...

E ele prosseguiu:

— ...Mas agora conheço também um AMOR VISCERAL. Um sentimento de força, de coragem e de paixão. A Rute nunca me abandonou nem me criticou nesse tempo todo. A gente nunca pensou em se afastar, por mais que a família acreditasse que sim, que me deixando interno eu acabaria esquecendo "aquelas bobagens de adolescente", a Mãe chegou a dizer, quando me visitou no meu aniversário de 21 anos, e eu convenci ela a me mudar para cá, para este RECANTO, repouso, refúgio, bem mais perto da cidade onde vivíamos, bem mais perto da Rute. E consegui avisar a Rute, e agora de tarde ela vem. Ela vem e...

Thomaz mordeu o lábio inferior com força, os olhos brilhando como lanternas, úmidos e bonitos:

— ...E, se Deus quiser, saio com ela por aquela porta. Sou maior de idade agora. Não tenho mais tanta ingenuidade, o menino que a Rute conheceu já era. Sou um homem e vou ser um homem pela vida afora. Com ela. Por ela, gente! Por meu amor, vou ser uma outra pessoa. É isso que quero.

O coordenador indicou ao rapaz um cartão onde se lia: "TEMPO ESGOTADO". Thomaz concordou com a cabeça e voltou a encarar, um por um, seus companheiros: o homem muito magro de terno; a mulher negra de óculos grossos; os dois rapazes loiros, tão gêmeos em suas tatuagens e peles douradas; o moço de nariz largo; e o quase-menino de boné.

— Meu tempo acabou. Obrigado por me ouvirem.

Thomaz ia saindo da cadeira, mas voltou a sentar ainda um instante e falou:

— Desejo para vocês o que desejo para mim, 24 horas de sobriedade e serenidade e... — Sorriu com muita alegria. — E que um dia vocês possam descobrir isso, caras! Que o amor pode ser cor e luz em um mundo tão cinza. Que amor é loucura, graças a Deus, uma loucura pela qual vale a pena ficar sóbrio. Então é isso, caras. Lembrem de mim, de vez em quando, em outras reuniões. Porque aqui, na clínica, não pretendo mais voltar. Vou cuidar da minha vida com a Rute e acho... e espero... a gente vai ser feliz.